I0837323

LES

CRIMES SECRETS

DE

NAPOLÉON BUONAPARTE.

LES
CRIMES SECRETS
DE
NAPOLÉON BUONAPARTE;

FAITS HISTORIQUES,

Recueillis par une Victime de sa tyrannie.

TROISIÈME ÉDITION,

Revue, corrigée et augmentée.

« La Renommée et ses cent voix perfides,
» Furent les échos de ses crimes rapides.... »

BRUXELLES;
Et se trouve A PARIS,
CHEZ LES MARCHANDS DE NOUVEAUTÉS.

1815.

EXPLICATION SOMMAIRE

DE LA GRAVURE ALLÉGORIQUE.

Lorsque Buonaparte remarqua au Muséum, lors de l'exposition des tableaux de l'année 1809, cette célèbre allégorie qui représente le Crime poursuivi par Thémis, et que depuis on a placée dans le lieu des séances de la Cour de justice criminelle, au Palais, il étoit alors fort éloigné de penser qu'un burin vengeur s'empareroit un jour du fond de cette même peinture, pour charger la gravure de représenter en raccourci le tableau de ses crimes, et faire retomber sur sa tête impie tous les emblèmes qui l'y accusent; il étoit loin, dis-je, d'imaginer qu'un jour, précipité du haut d'un trône sacré, trop longtemps souillé de sa criminelle usurpation; exilé sur un rocher lointain, au milieu de mers orageuses, il iroit y cacher son ignominie, poursuivi sans cesse par deux Euménides vengeresses, la justice et sa propre conscience....

Telle est cependant la marche immuable des choses humaines, que le crime porte, au moment même qu'il est commis, le germe secret de sa punition : et de même que le principe élémentaire de la vertu porte dans le cœur de l'homme les plus douces consolations au sein de l'adversité, ainsi les forfaits, bientôt suivis des remords, jettent dans son cœur, au milieu de ses plus audacieuses prospérités, les noires vapeurs et le trouble de l'âme...... enfin, *point de repos pour le méchant*.... Voilà, par une analyse succincte, ce qu'exprime ici notre gravure allégorique. Nous n'en vanterons pas les frais d'imagination et de conception qu'y a faits notre dessinateur : au contraire, ne voulant point faire prendre le change au public à cet égard, nous lui déclarerons que nous avons voulu, loin d'être originaux dans cette composition, imiter entièrement la manière dont est fait le tableau allégorique que nous venons de citer au commencement de cette EXPLICATION SOMMAIRE. Et en effet rien peut-il nous paroître plus applicable à la situation présente de Buonaparte, que celle d'un assassin tourmenté, dont la fuite, la marche oblique n'est éclairée que par la lueur effrayante des torches que secouent sur sa tête deux déités implacables, Thémis et Némésis. Ses pieds, dans cette gravure affligeante de vérités, souillés de sang, foulent encore les victimes frappées de ses coups homicides... Là, c'est l'Espagne affligée : la main sur son cœur, elle gémit du coup perfide qu'elle a reçu dans la personne de ses souverains adorés; ici, à la droite du spectateur et sur l'horizon du dessin, c'est une ville immense, Moscou, qui, par un suicide national, préféra périr par les flammes, que de devenir la proie utile des parricides mains de Napoléon.... Sur ce rivage, c'est Pichegru; à ses côtés, le capitaine Wright, dont les plaies encore saignantes attestent la cruauté de ses attentats.... Dans le lointain, près de ce donjon, dont le pied fut arrosé du plus pur sang des Bourbons, c'est le duc d'Enghien.... Il présente d'un front héroïque sa poitrine à ses bourreaux.... et chacune des balles qui percent ce noble sein, va, par contre-coup, frapper le cœur barbare du tigre qui les dirigea sur le petit-fils du grand Condé...... Chaque goutte de ce sang fécond en héros se métamorphose en serpens, en monstres hideux, actifs à troubler le sommeil et la vie criminelle de Buonaparte....

C'est en vain que sa lâcheté le précipite dans les bras des Anglais, sa perfidie, son astuce, n'y trouvent qu'un honteux esclavage, et le vaisseau *le Northumber-*

land, que l'on voit dans cette gravure, va bientôt le séparer, par des mers immenses, du Continent, heureux et libre par l'exil du plus odieux des hommes...... Voilà, sous des figures dictées par notre propre indignation, l'EXPLICATION SOMMAIRE de la gravure qui se trouve en regard du titre DES CRIMES SECRETS DE NAPOLÉON BUONAPARTE. Que n'a-t-elle le pouvoir, en éclairant ses insensés et aveugles admirateurs, de les ramener tous de leurs funestes erreurs, et de les rallier sur le parvis d'un trône sacré, pour y crier avec nous, sous les auspices de la paix et d'une réconciliation générale : VIVE, VIVE LE ROI!...... Vive à jamais LA DYNASTIE DES BOURBONS, vive cette source pure de souverains, dont l'arbre généalogique, crû parmi les lys, étend ses rameaux dans l'antique France, et l'a toujours rendue heureuse sous ses ombres tutélaires!....

AVANT-PROPOS.

Si l'histoire transmet à la postérité la mémoire des bons rois, n'est-il pas de toute justice d'y transmettre de même le nom des tyrans qui ont opprimé leur patrie ?... Les uns rappelleront à nos petits-neveux la bonté, la bienfaisance et toutes les vertus qui embellirent leur règne; les autres seront un avertissement de ce qu'ils auront à redouter, si jamais le ciel, dans sa colère, leur envoie un monstre pour les gouverner.

Les différentes races qui ont depuis tant de siècles régné sur la France, comptent à peine un ou deux oppresseurs, encore ne fût-ce que dans ces temps de barbarie, où les sciences étoient ensevelies dans les ténèbres. Mais la postérité voudra-t-elle croire que, dans un siècle éclairé, un seul homme soit parvenu à opprimer pendant quinze ans une des nations les plus policées de l'Europe, et à se maintenir, à force de crimes, sur un trône qu'il avoit usurpé, et qu'il souilla par tant de forfaits ?... Il est donc dans la nature humaine des choses qui paroîtroient incroyables, si l'impartialité de l'histoire ne les recueilloit avec soin, comme des monumens authentiques, destinés à l'instruction des races futures !...

Il est donc, dis-je, dans le règne des êtres animés, comme dans les deux autres règnes de la nature, des phénomènes, des *monstruosités* qui étonnent, qui effraient de leurs productions gigantesques ou malfaisantes, à la fois le naturaliste, le philosophe et le souverain !... Non-seulement l'immense théâtre de l'astronomie nous offre l'histoire de météores, de révolutions, de comètes incendiaires, qui dans l'antiquité ont menacé de mettre le globe en entière combustion, et se sont toujours présentés, surtout aux Romains superstitieux, comme les plus sinistres présages ; mais encore sur le petit théâtre de ce même globe, des monstres, sous la figure du genre humain, n'en ont parlé le langage, n'en ont eu les mêmes attributs, que pour en être le détestable fléau, et le menacer d'une ruine totale. Qu'elles seroient donc précieuses et savantes les remarques, l'analyse de l'immortel Buffon, sur la *créature bizarre, extraordinaire*, qui s'est acquis parmi nous, comme Erostrate en brûlant le temple d'Ephèse, une si infâme immortalité... Si ce profond naturaliste, Buffon, avoit été contemporain de Buonaparte, quel jugement eût-il prononcé sur les élémens de son caractère ? dans quel ordre hiérarchique de l'échelle des êtres l'eût-il placé ?... Pour moi, je ne vois sa véritable place assignée d'avance que parmi les tigres de l'intérieur de l'Afrique. Bientôt le tigre royal, honteux d'avoir un rival aussi supérieur que Napoléon, eut aussitôt regardé ses dents, ses griffes et sa férocité sans nécessité sanguinaire, comme des inclinations *douces*, en comparaison des penchans funestes, des victimes innombrables de notre faux héros, et des fleuves de sang creusés par ses mains homicides!.... Qu'eussent dit Linnée, Buffon et de Bomare, en contemplant un *monstre* sous des traits humains, se repaître de carnage et de sang pendant une convulsion périodique de quinze ans de deuil, d'agonie et de mort?... Ne respecter ni le sexe, ni l'âge, ni le rang, ni la vertu, ni la beauté... et assouvir sa rage audacieuse sur les objets les plus sacrés aux yeux des mortels.... Est-ce parmi les monstres fabuleux de la Mythologie, de l'Histoire sacrée, parmi les Fables égyptiennes, qu'ils auroient pu trouver des points de comparaison ?... Non sans doute, le Minotaure de Crète, le Sphinx d'OEdipe, l'Hydre de Lerne, et tous les monstres ensemble qu'ont détruits Hercule et Thésée, ne commettoient que des ravages insignifians, ne faisoient payer que des tributs bien généreux en parallèle avec les vastes dévastations et les destructions incalculables de notre *Jupiter-Scapin*, suivant l'expression admirable et l'épithète que donne M. l'archevêque de Pradt à Buonaparte !...

Pourquoi un savant de nos jours, célèbre par de profonds systèmes, M. le docteur Gall enfin, ne nous a-t-il pas défini toutes les protubérances, bosses et exubérances du crâne de Buonaparte ?... Le docteur a exercé sa science conjecturale sur le cerveau d'un grand nombre de criminels, *ce crâne* extraordinaire n'étoit-il donc pas dans les plus beaux attributs de ses domaines ? Ici, sur la surface inégale et bosselée de cette tête impie, M. Gall eût tâté et reconnu aussitôt la superfétation multipliée et renforcée du vol, de l'inceste, du viol, du meurtre, du brigandage et de l'assassinat.... Il se seroit écrié avec nous : Comment se fait-il que la nature, ainsi que la fortune, fort bizarre, fort capricieuse dans la répartition de ses dons, ait déversé sur un seul être, comme ils y étoient rassemblés dans la boîte de Pandore, tous les élémens funestes, tous les vices, tous les crimes, et enfin *le nerf* et *le principe* élémentaire de tout ce qui peut détruire et tuer.... Heureusement, auroit-il ajouté aussitôt, que cette même nature qui se plaît dans ses jeux quelquefois cruels, est aussi avare de grands hommes que de grands scélérats.... Les Denys, les Néron, les Caligula, les Séjan, ont paru de loin en loin, et si, dans les annales de la tyrannie, ils associent un siècle à leur odieuse mémoire, les Titus, les Marc-Aurèle, les Trajan, les Bourbons enfin, ne viennent-ils pas effacer de leurs mains vertueuses les tracés de sang qui signalent dans ces pages de l'histoire les despotes que nous venons de citer?... Certains esprits, secrets admirateurs de leur pagode renversée, affectent de répandre qu'il faudroit ensevelir pour jamais le souvenir de ce personnage, et que la publicité de tous ses crimes, loin de pouvoir ramener tous les partis, toutes les opinions et tous les sentimens dans une seule fusion, et surtout à l'oubli généreux du passé, ne fera au contraire que les aigrir de plus en plus....

Ainsi, bénévoles victimes d'un règne infâme qui nous martyrisa quinze années sans relâche, il faut que nous nous privions, pour le *prétendu* respect que nous devons aux *malheurs touchans* du napoléoniste déchu; il faut, dis-je, que nous nous abstenions du triste plaisir de pousser des gémissemens, d'exhaler notre trop juste douleur des plaies encore vives que nous a faites le sabre napoléonien... —J'aurai été persécuté, opprimé sous la tyrannie la plus cruelle; *mon fils, mon cousin*,

mon frère, mon neveu auront péri dans les caravanes meurtrières d'un énergumène couronné, et le charme consolateur de la plainte me sera interdit.... Je devrai considérer dans *le buonapartiste* un personnage *auguste* que le malheur a frappé, et parce qu'une main puissante, celle d'un roi adoré, un faisceau plus puissant, composé de tous les glaives de l'Europe, enchaîne et neutralise sa rage et ses efforts, je lui en saurois gré!.... J'irois dire à celui qui naguères menaçoit ma vie dans une promenade publique : « *Je suis vraiment sensible à votre humiliation;*
» *d'honneur il en coûte à mon cœur*
» *de voir que vous ne pouvez plus*
» *nous menacer dans les rues de*
» *VOS REGARDS D'IMPÉRIALISTE.* Je

» souffre au-delà de toute expression
» de voir refoulé au fond de vos
» odieux et fanatiques sentimens
» ce cri de *vive l'empereur*, dont
» vous menaciez, dont vous fou-
» droyiez les passans, ainsi que le
» basilic le fait de ses regards : il
» est douloureux pour moi que cette
» exclamation ravissante de VIVE,
» VIVE LE ROI ! que vous voyez er-
» rer sur mes lèvres, et que vous
» savez à chaque instant prête à
» partir de toutes les bouches comme
» la plus douce explosion du cœur,
» puisse consterner à ce point vos
» esprits : il est cruel pour moi de
» penser que sous des dignités *ache-*
» *tées souvent au prix de votre bas-*
» *sesse ou de votre complicité dans*
» *les crimes du tyran*, il ne vous

» *soit plus possible de promener*
» *dans un équipage aussi fastueux*
» *qu'impudent, votre orgueil inu-*
» *tile et votre oisiveté insolente....»*

Quelle horreur! non sans doute, aucune puissance humaine n'aura le pouvoir de nous imposer cette loi absurde et barbare : si le napoléoniste s'est signalé par l'oppression et la cruauté, et n'a voulu jamais employer d'autres moyens de conciliation et de persuasion que les instrumens de la force et de la supériorité du nombre, qu'il soit au moins permis aux fidèles amis du Roi de manifester le premier acte de leur liberté et de leur triomphe par des diatribes ;... c'est une bien douce vengeance ; elle ne verse pas de sang : elle s'arme du fouet seul de la satire, et n'est pas précédée, comme celle des *Narcisses* homicides de votre *Séjan moderne*, de l'appareil lugubre des échafauds, des crêpes, des fusillades à *huis clos* et des cyprès.... Ce n'est pas par l'effusion du sang d'un illustre conspirateur, l'immortel Mallet, que nous pourrions complaire au plus éclairé, comme au plus vertueux des monarques, Louis le Désiré; non, nous laisserons ce genre d'adulation à certains flagorneurs *du monstre abattu.* Satisfaits à peu de frais, nous nous contenterons de répandre notre bile trop justement irritée, dans quelques épigrammes, quelques chansons, et ici même dans ces feuilles consacrées à recueillir les odieux monumens de la scélératesse d'un brigand que l'on pourroit appeler à juste titre le *LÉOPARD-POLICHINEL*, monstre qui, dans sa fureur absurde et jalouse, ne ménagea pas plus le beau sexe que le ministre dont le génie, les vrais talens éclipsoient les éruptions désordonnées de son cerveau brûlé, éruptions noirâtres que Buonaparte avoit la sotte vanité de prendre pour des éclairs et le feu d'une imagination féconde et inspirée....

Que de femmes charmantes, devenues par terreur comme par nécessité le plastron de ses caresses *épileptiques*, ont dû trembler, dans ses bras meurtriers, de se voir destinées au sort *d'une autre Justine!*... *Ce bigame incestueux*, cet *Alexandre-pédéraste* n'a considéré jamais la moitié la plus aimable du genre humain que sous le point de vue du plus odieux matérialisme, et trop souvent

« La beauté douce, victime de ses outrages,
» Ne put toucher son cœur d'acier,
» Et l'amour, chéri même des sages,
» *Fut frappé* par ce cannibal altier. »

Bornons là l'exposé de ces RÉFLEXIONS PRÉLIMINAIRES, et contentons-nous de présenter dans cet ouvrage le tableau exact et non exagéré des *Crimes de Buonaparte*. Notre but est de prouver combien il abusa de la confiance généreuse d'un peuple qui lui avoit remis ses destinées. Les faits se sont passés sous nos yeux, et l'on a peine encore à y ajouter foi. Puissent enfin les partisans abusés de cet homme cruel, abjurer leur enthousiasme pour cet indigne usurpateur, dont la réputation colossale n'étoit fondée que sur une tyrannie qui surpasse de beaucoup tout ce que peuvent offrir les annales des empires, et se rallier avec franchise à un gouvernement légitime, qui peut seul procurer la paix et le bonheur !

Nous abstenant à l'avenir de toute réflexion, de tout préambule, nous ne présenterons que des faits, rien que des faits : ils sont seulement classés par ordre, depuis la jeunesse de Buonaparte jusqu'à sa dernière abdication. Lecteur éclairé ! médite-les, et ton jugement ne sera point équivoque.

LES

CRIMES SECRETS

DE

NAPOLÉON BUONAPARTE.

École militaire de Brienne.

LORSQUE notre héros étoit à l'Ecole militaire de Brienne, où il avoit été placé par la protection de M. de Marbœuf, il devint amoureux d'une fille qui l'aima trop, et qui auroit eu à rougir de sa foiblesse, si son amant ne s'étoit dès lors essayé dans la carrière qu'il a parcourue depuis avec tant de délices : la malheureuse mourut empoisonnée. Dénoncé par un des élèves de l'Ecole, la protection de M. de Marbœuf et le défaut de preuves positives firent qu'il ne fut point puni.

Siége de Toulon.

Lettre adressée par lui aux Représentans.

« Citoyens Représentans,

» C'est du champ de la gloire, » marchant dans le sang des traîtres, » que je vous annonce avec joie que » vos ordres sont exécutés, et que » la France est vengée. *Ni l'âge ni » le sexe* n'ont été épargnés; ceux » qui avoient été seulement blessés » par le canon républicain ont été » dépêchés par le glaive de la liberté » et par les baïonnettes de l'égalité.

» Salut et admiration aux Repré-

» sentans du peuple, Robespierre » jeune, Fréron, etc. etc.

» BRUTUS BUONAPARTE,
» citoyen sans-culotte. »

Après la prise de cette ville, la cruauté de son caractère se manifesta en plusieurs occasions : il fut un terroriste dans toute l'étendue du mot. Je ne puis me dispenser de consigner ici le sacrilége dont il s'est rendu coupable dans cette même ville de Toulon, où il fit couler tant de sang avec la joie féroce d'un barbare. Il entra un jour dans une église, monta à l'autel, et là, d'un style et d'une voix sacriléges, au mépris de la sainteté du lieu, il harangua une soldatesque effrénée dans les expressions les plus irréligieuses....

Treize Vendémiaire.

Dans cette horrible journée, il ne craignit pas de faire tirer à mitraille sur des citoyens paisibles de tout âge et de tout sexe, qu'une imprudente curiosité avoit placés sur les marches de l'église Saint-Roch et dans la rue Saint-Honoré.

Armée d'Italie.

Après avoir épousé la veuve du comte de Beauharnais, le Directoire le nomma général en chef de l'armée d'Italie. Son caractère féroce et sanguinairc se développa dans ce commandement. Il fit fusiller sans forme de procès un assez grand nombre d'employés des administrations de son armée. Sa conduite excita des remarques sévères dans les journaux, qui blâmèrent hautement la manière dont il se comporta, particulièrement avec le duc de Modène. Ce prince, qui n'étoit pas en guerre avec la France, fut obligé de payer une contribution, pour racheter ses états du pillage. Mais quand la contribution fut dans la caisse de Buonaparte, le pays fut pillé et le duc obligé de fuir. Buonaparte, qui avoit établi son quartier général au palais ducal, ne manqua pas de saisir tout ce qu'il y trouva.

Expédition d'Egypte.

Le Directoire, qui vouloit à toute

force éloigner un général qui, dans la campagne d'Italie, lui avoit donné des sujets de crainte par son caractère audacieux et entreprenant, imagina l'expédition d'Egypte. Buonaparte partit et fit précéder son arrivée au Caire par la prise de l'île de Malte, sous le vain prétexte que l'entrée de ses ports lui avoit été refusée pour faire de l'eau.

A peine débarqué en Egypte, il apporta dans cette malheureuse contrée tous les fléaux de l'humanité. Rien ne s'opposant alors à la cruauté de son caractère, il y commit toutes les horreurs d'un féroce tyran. Ayant pris d'assaut la ville de Jaffa, une partie de la garnison fut passée au fil de l'épée; mais le plus grand nombre, qui s'étoit réfugié dans la mosquée, implora la pitié des vainqueurs, et obtint grâce de la vie. Notre armée, exaspérée et exaltée, écoute cependant la voix de l'humanité au milieu du combat le plus furieux. Trois jours après, Buonaparte, qui avoit fortement blâmé le mouvement de pitié de ses troupes, résolut de se débarrasser du soin d'entretenir et de nourrir trois mille huit cents prisonniers. Il ordonna à ces prisonniers de se rendre tous sur une hauteur hors de Jaffa, où une division d'infanterie française se plaça en ligne vis-à-vis d'eux. Les Turcs s'alignèrent aussi et un coup de canon annonça l'horrible scène qui alloit se passer. Des volées de mousqueterie et de mitraille furent tirées au même instant sur ces infortunés, qui étoient sans défense. Buonaparte regardoit de loin à travers un télescope, et lorsqu'il vit la fumée s'élever, il laissa échapper un cri de joie ; car il avoit craint avec raison de ne pas trouver les troupes disposées à se déshonorer par cet atroce massacre. Le général Kléber lui avoit fait, à ce sujet, les remontrances les plus vigoureuses ; un officier de l'état major, qui commandoit les troupes en l'absence du général, avoit refusé d'exécuter la volonté du chef, sans un ordre écrit ; mais Buonaparte, sans donner cet écrit, envoya le major général, pour intimer de nouveau l'ordre verbal.

Dès que les Turcs furent abattus par la mitraille, les soldats français, par un mouvement d'humanité, allèrent achever à coups de baïonnette ceux qui souffroient encore les tourmens de l'agonie ; mais il y en eut un nombre considérable qui languirent pendant plusieurs jours. Le massacre des prisonniers turcs n'est qu'un événement ordinaire, comparé à celui-ci.

Buonaparte, voyant ses hôpitaux encombrés de malades, envoya chercher un médecin, dont le nom mériteroit d'être gravé en lettres d'or. Le médecin étant venu, le général entra dans une longue conversation sur les dangers de la contagion, et termina son discours par cette remarque : « Il faut prendre un parti ; il n'y a que *la destruction* de tous les malades actuellement dans les hôpitaux, qui puisse arrêter le mal.... » Le médecin, effrayé de cette

proposition atroce et cruelle, fit les remontrances les plus fortes que puissent alléguer l'humanité, l'honneur et la vertu; mais voyant que Buonaparte persistoit dans ses idées et proféroit des menaces, il sortit de la tente en prononçant ces paroles remarquables : « Ni mes principes, ni la di-
» gnité de ma profession ne me per-
» mettent de devenir un assassin, et
» si pour former un grand homme, il
» faut absolument des qualités sem-
» blables à celles que vous paroissez
» vanter, je remercie Dieu de ne
» pas les posséder. »

Des considérations morales ne peuvent détourner Buonaparte de ses desseins : il y persévéra, et trouva enfin un pharmacien, qui, redoutant sa puissance, consentit à exécuter ses ordres criminels, mais qui dans la suite a soulagé sa conscience par un franc aveu de toute l'affaire. Le pharmacien, d'après les instructions du général Buonaparte, fit mêler une forte dose d'opium dans quelques mets agréables; les pauvres victimes en mangèrent avec avidité et avec joie. Peu d'heures après, cinq cent quatre-vingts soldats qui avoient tant souffert pour leur pays, périrent misérablement par l'effet des ordres de celui qui étoit alors l'idole de leur nation.

A peine Buonaparte eut-il abandonné ce malheureux pays, où périrent tant de bons généraux et tant de braves soldats, laissant par sa désertion les débris d'une armée jadis florissante, sans s'inquiéter de ce qu'elle pourroit devenir, que Kléber, qui succéda à ce déhonté fuyard dans le commandement de l'armée, fit la convention d'El-Arish, et par ce traité eut la liberté de revenir en France. Kléber se proposoit, en arrivant à Paris, d'accuser Buonaparte de tous les crimes dont il s'étoit rendu coupable en Egypte. Tallien, propriétaire d'un journal français qui se publioit en Egypte, y avoit inséré la liste des atrocités commises par Buonaparte, afin de les faire connoître à l'armée qu'il venoit de déserter; mais instruit par Menou, qui lui rendoit compte de ce qui se passoit, Buonaparte n'hésita pas de se venger, et Kléber fut assassiné....

Dix-huit Brumaire.

Depuis son retour d'Egypte, Buonaparte songeoit à renverser le Directoire, afin d'être lui-même à la tête du gouvernement. Il se réunit donc à cet effet avec plusieurs membres du Directoire, du Conseil des Anciens et ceux qui lui étoient affidés : la conjuration réussit au-delà de ses désirs; et Barras, son protecteur, devint une de ses premières victimes. Buonaparte étoit dans la salle des inspecteurs, quand Botot, secrétaire de Barras, demanda à lui parler pour lui faire part de sa mission. Il remit à Buonaparte la démission de Barras, en lui demandant à demi-voix ce que ce dernier avoit à attendre de lui. «Dites à cet homme, répondit

Buonaparte, que je ne veux plus le revoir, et que je saurai faire respecter l'autorité qui m'est confiée. » Ce trait prouve sa reconnoissance.

La conjuration du 18 brumaire avoit été formée, et son exécution devoit avoir lieu le 17, qui correspond au vendredi 3 novembre 1799; mais Buonaparte, sans donner aucun motif et contre l'avis de tous les conjurés, ajourna l'affaire au lendemain. Ce délai, qui pouvoit tout faire échouer, ne peut s'expliquer que par le préjugé populaire qui menace d'un mauvais succès toutes choses entreprises un vendredi. L'esprit de Buonaparte allioit au mépris des vrais principes religieux le respect pour les plus misérables superstitions.

L'empire que la peur avoit sur lui, le désordre, l'incohérence de ses idées, éclatèrent bien honteusement dans cette fameuse séance de l'Orangerie de Saint-Cloud, le 18 brumaire, lorsque le Conseil des Cinq-Cents venoit de le mander pour rendre compte de sa conduite. Des vociférations, des menaces et la vue d'un ou deux poignards ôtèrent tout courage, toute présence d'esprit à cet homme qui faisoit une révolution pour s'emparer d'un trône, à cet homme qui supporta tant de fois avec un calme inaltérable le spectacle de plusieurs milliers de Français se faisant égorger intrépidement pour lui... Le sang-froid de son frère Lucien et la résolution d'un général, seuls, le tirèrent de ce danger, grossi par la frayeur dont il avoit été saisi. Dès qu'il fut hors de la salle, il monta à cheval, reprit au grand galop le chemin de Paris, en criant de toutes ses forces : *Je suis le dieu de la guerre !....* et ne s'arrêta qu'au pont de Saint-Cloud, où la présence de Murat lui remit un peu la tête.

Mort de Desaix.

Ce fut à la bataille de Marengo, que Desaix fut victime de la haine que lui avoit vouée Buonaparte. Ce dernier avoit perdu la bataille lorsque Desaix arriva. Buonaparte, entouré de ses généraux, pleuroit comme un enfant ; Desaix se présente avec le corps de réserve, se précipite sur l'ennemi, et change le sort de la journée : mais Buonaparte, qui avoit su par Menou que Desaix, lors de son séjour en Egypte, étoit d'accord avec Kléber, Régnier et Tallien pour le dénoncer à leur arrivée en France comme assassin et déserteur, s'étoit bien promis de profiter de la première occasion pour se débarrasser de Desaix. La journée de Marengo la lui fournit. Buonaparte choisit un homme qu'il jugea le plus propre à servir ses horribles projets : Desaix fut atteint, au plus fort du feu de l'ennemi, d'une balle partie derrière sa personne, et reçut en outre un coup de poignard entre les deux épaules : il expira sur-le-champ. On a prétendu que Desaix s'écria en mourant : « *Dites au premier Consul*,

» *que je meurs avec le regret de*
» *n'avoir point assez fait pour la*
» *postérité...* » Desaix n'avoit pas eu le temps ni la force de prononcer ces belles paroles; l'assassin avoit trop bien pris ses mesures. Quand on vint apprendre sa mort à l'hypocrite Buonaparte, il s'écria : « Pourquoi ne puis-je pleurer! » Cependant l'opinion publique le força à élever une statue à Desaix, statue que, sous de frivoles prétextes, son amour-propre ne fit jamais découvrir....

Son Consulat.

Après la bataille de Marengo, ne pouvant plus répandre de sang hors de France, il établit un système de terreur dans l'intérieur, et fit fusiller Frotté, chef royaliste, au mépris de la capitulation signée par le général Chamberlhac : ce qui excita la plus vive indignation parmi le parti royaliste.

Aréna.

Le général Aréna, cousin et bienfaiteur de Buonaparte, s'exprimoit très-librement sur l'autorité qu'usurpoit le premier Consul, et se plaignoit de son ingratitude, car il avoit rendu des services à Buonaparte, à sa mère et à ses sœurs, quand toute cette famille fut chassée de Corse, en 1793. Aréna avoit aussi, à plusieurs reprises, sollicité le rappel de son frère, exilé à l'île d'Oléron après le 18 brumaire, en raison de sa conduite comme député au conseil des Cinq-Cents, lors de cette fameuse journée. Buonaparte, qui connoissoit le caractère violent d'Aréna, ayant décidé de s'en défaire, imagina une conspiration, dans laquelle il fit compromettre Aréna, qui perdit bientôt la tête sur un échafaud. Cette prétendue conspiration fut imaginée pour se débarrasser de quelques jacobins qu'il craignoit alors. Pour en faire de même des royalistes, il inventa la machine infernale du 3 nivôse : ce qui lui donnoit un motif plausible pour attirer sur lui le plus vif intérêt.

═

Expédition de Saint-Domingue.

Lors de son expédition de Saint-Domingue, la Légion polonoise eut ordre de s'embarquer ; mais les officiers et les soldats protestèrent contre cet ordre. Il fit fusiller cinquante officiers et mille soldats ; le reste fut embarqué, mais ne manqua pas de déserter aux nègres, aussitôt que l'occasion s'en présenta.

Ses projets à la couronne.

Du moment que Buonaparte arriva au pouvoir souverain, surtout quand il eut réussi à se faire nommer Consul à vie, il aspira orgueilleusement à s'asseoir sur le trône de France; mais, avant de ne rien entreprendre, il essaya d'obtenir en sa faveur l'abdication de Louis XVIII. Ce vertueux monarque répondit à une pareille demande avec la dignité que l'adversité ne peut jamais altérer. Ne perdant pas courage, Buonaparte envoya un émissaire à Varsovie pour suivre ce projet insensé.

Cependant, à son arrivée à Varsovie, cet émissaire apprit qu'il n'y avoit pas de négociation entamée à ce sujet, comme on avoit essayé de le lui persuader. Il écrivit à Paris pour demander des instructions. Il reçut une réponse en date du 25 avril, et jamais chef de brigands ne donna à un assassin de sa bande d'instructions aussi atroces. Je vais les faire connoître.

1°. Le Prétendant (Louis XVIII) ayant refusé d'accéder à la proposition que lui a faite le premier Consul, vous l'enleverez de force, et s'il fait la moindre résistance, *vous le tuerez*. Comme il est possible que, dans le cas d'une rupture avec l'Angleterre, une armée française occupe le Hanovre, on vous enverra un détachement de troupes françaises en habits bourgeois. Le comte de *** en sera informé, et donnera des ordres à la régence de Varsovie de ne point envoyer de troupes après vous pour ramener ou protéger le Prétendant.

2°. Vous tâcherez de vous emparer des papiers de M. de la Chapelle et de M. de la Chapelle lui-même, s'il est possible, ainsi que de M. le comte d'Avaray.

3°. Assurez-vous des commis de

la poste à Varsovie, pour intercepter, ou au moins lire, les lettres qu'écrit Louis XVIII et celles qui lui seront adressées.

On fit passer de Paris à Hambourg quatre mille ducats, qui furent de suite envoyés à Varsovie pour aider à la réussite du projet. L'émissaire ne s'étant conformé à aucune de ces instructions, quitta la Pologne. Un an après, on en envoya deux autres pour concerter les moyens d'empoisonner Louis XVIII et toute sa famille. Cet infernal projet fut découvert, et le roi se décida à quitter Varsovie, car très-probablement il auroit été livré à Buonaparte.

Buonaparte n'ayant pu réussir dans cet infâme complot, ses projets sur Louis XVIII ayant avorté, il conçut le projet d'attirer en France les princes français qui étoient en Angleterre, et de les faire accompagner par les généraux Pichegru, George, etc. L'affaire de George, dont je parlerai ci-après, tourna différemment que ne le vouloit Buonaparte. Ayant échoué dans cette occasion et dans son projet sur Louis XVIII, le besoin de s'abreuver de sang humain lui fit jeter les yeux sur une victime, qui succomba avec gloire, et dont le meurtre ne doit jamais être et ne sera jamais oublié. Les jacobins, encore puissans, lui faisoient craindre quelque obstacle de leur part au plan qu'il avoit conçu de s'emparer de la dignité impériale et de l'établir dans sa famille. Ce projet devoit contrarier, je ne dis pas leurs opinions, dont ils savoient déjà faire le sacrifice au besoin, mais leurs propres vues d'ambition, auxquelles ils ne renonçoient pas si facilement. Eux-mêmes craignoient que Buonaparte ayant pris place parmi les monarques, et voyant toujours en eux des ennemis du système monarchique, ne les livrât, comme des victimes expiatoires, aux ressentimens des souverains et des peuples que le meurtre de Louis XVI et de sa famille avoit soulevés contre la France. Buonaparte, pour dissiper leurs alarmes et changer en appui leur résistance présumée, conçut la pensée de contracter avec eux un pacte infernal, de tremper lui-même ses mains dans le sang des Bourbons, et de sceller ainsi avec eux, dont le crime étoit d'avoir déjà répandu la partie la plus précieuse du sang de cette illustre famille, l'alliance horriblement indissoluble de la complicité... Le duc d'Enghien fut égorgé, et les jacobins consentirent à laisser Buonaparte monter sur le trône, croyant en exclure par là une famille dont le retour étoit l'objet de leurs craintes continuelles, parce qu'ils devoient, d'après eux-mêmes, la supposer remplie d'un esprit de vengeance implacable.

L'imagination a beaucoup de peine à s'expliquer à elle-même le motif de l'horrible cruauté dont le duc d'Enghien fut la victime : il faut remonter jusqu'en 1796 pour trouver ce motif. C'étoit en septembre, à l'époque de la fameuse retraite de Moreau. Cet officier se trouvoit souvent chez la comtesse d'Obernsdorf, femme du président du duché de Neubourg. La maison de cette dame, d'ailleurs distinguée par son esprit et ses manières, étoit le rendez-vous des généraux français. Un jour, le général Moreau, en présence de Vandamme, de Saint-Cyr et de quelques autres officiers supérieurs, parla franchement du gouvernement révolutionnaire. « Croyez-vous, Madame, dit-il, que nous respectons l'ordre actuel des choses, ou les individus qui sont à la tête du gouvernement?... Détrompez-vous : nous sommes obligés d'en faire semblant, car les gouvernemens étrangers ne veulent pas traiter avec les armées, et, s'ils le voulaient, les armées et le Directoire se feroient entre eux une guerre civile. Mais, continua-t-il, laissez-nous seulement rentrer en France ; il y aura une révolution militaire. La république ne convient pas à la France ; il nous faut un monarque constitutionnel. L'armée compte beaucoup sur un jeune prince qui s'est déjà acquis une réputation dans la carrière des armes, et qui a prouvé par sa valeur que le sang du grand Condé coule dans ses veines. »

Ce propos ayant été rapporté à Buonaparte, il jura la perte du héros que l'estime de l'armée française pouvoit lui opposer d'un moment à l'autre.

Pour parvenir à l'accomplissement de l'horrible attentat qu'il méditoit depuis long-temps, Buonaparte envoya un de ses affidés à Ettenheim, et cet homme s'assura qu'il n'étoit pas difficile de se saisir de la victime. Buonaparte s'adressa d'abord à un de ses aides de camp (*Lacuée*) pour l'exécution de son projet : ce jeune homme refusa positivement de s'en charger. Il avoit été élevé avec M. le duc d'Enghien, et il ne voulut pas devenir l'instrument de la mort du petit-fils de son bienfaiteur. M. Lacuée ne se doutoit pas que ce motif seul avoit déterminé son maître féroce à le choisir pour ce crime infâme... L'aide de camp fut envoyé en prison, et n'en sortit que quand le crime fut consommé. Alors il reçut l'ordre de rejoindre son régiment, et fut tué en 1805, près d'Ulm.

Buonaparte avoit un autre aide de camp que les mêmes raisons et l'exemple de M. Lacuée auroient dû décider à refuser, comme l'avoit fait ce dernier, cette horrible mission; mais il ne fut pas aussi délicat, et accepta sans scrupule l'offre qui lui fut faite de contribuer à exécuter un pareil crime.

Les gens de Buonaparte avoient espéré de trouver le roi de Suède chez le duc d'Enghien, où il devoit passer quelques semaines. Ils avoient ordre de l'arrêter aussi; mais il étoit alors à Carlsruhe, chez l'électeur de Bade, son beau-père, et échappa, par cette circonstance, aux menées des scélérats employés par le tyran.

Assassinat du duc d'Enghien.

Lorsque Buonaparte fit enlever le duc d'Enghien d'Ettenheim, il y avoit trois ans que ce prince y vivoit retiré. Il y demeuroit dans une propriété qu'il avoit acquise, et où il s'étoit établi de l'agrément de l'électeur de Bade et du consentement de Buonaparte lui-même, qui en avoit été instruit par l'électeur.

Le 15 mars 1804, les généraux Ordener et Fririon arrivèrent le soir même à Ettenheim : le duc d'Enghien venoit de se coucher. Averti qu'on entendoit du bruit autour de sa maison, il saute en chemise de son lit, et saisit un fusil ; un de ses valets de pied en prend un autre : ils ouvrent la fenêtre. Le duc d'Enghien crie : *Qui va là ?*... Un gendarme répond par une impertinence. Le prince et son valet de chambre alloient faire feu, lorsque le baron de Greinsteim, premier gentilhomme du duc d'Enghien, lui arracha son arme, en s'écriant que c'étoit vouloir empirer les choses que d'entreprendre une défense inutile. Ce gentilhomme se coucha ensuite tout habillé, après avoir promis au duc de se livrer pour lui, si on venoit pour l'arrêter sans chercher à le reconnoître. Le prince passe à la hâte un pantalon, une veste de chasse ; il n'a pas le temps de mettre des bottes ; on monte l'escalier, on entre le pistolet au poing, et on demande brusquement : « *Qui est le duc d'Enghien?*... » Malgré la promesse qu'il avoit faite au prince, le baron de Greinsteim garde le silence. On renouvelle l'interrogation, même silence de la part de celui qui devoit parler dès la première fois, s'il eût été digne des marques de confiance qu'il avoit reçues. Le prince jette un regard de mépris sur son premier gentilhomme, et dit aux gendarmes : « Si vous venez pour arrêter le duc d'Enghien, vous devez avoir son signalement ; cherchez-le. » Ceux-ci, croyant parler à un des gens du duc, répondent : « Si nous l'avions, nous ne vous ferions pas de questions : puisque vous ne voulez pas le désigner, marchez tous... » Et en même temps M. le duc d'Enghien est saisi au corps par un brigadier de gendarmerie.

On l'avoit enlevé de chez lui brutalement, sans lui donner le temps de s'habiller, ni même de se chausser. Il étoit en pantoufles : on fit halte près d'un moulin ; là se trouva le bourgmestre d'Ettenheim ; on le somma de dire le nom des personnes arrêtées : il les nomma l'une après l'autre ; le duc d'Enghien fut le troisième reconnu.

On arriva le 20, à quatre heures et demie du soir, près la barrière Saint-Martin. Là se trouva un courrier qui apportoit l'ordre de *filer le long des murs et de gagner Vincennes*. On y arriva sur les cinq heures. Le prince, exténué de besoin et de fatigue, prit à peine un léger repas. Il se jeta ensuite sur un mauvais lit, disposé dans une pièce de l'entre-sol. Le duc ne tarda pas à s'endormir profondément. Vers les onze heures, on l'éveilla en sursaut ; on le conduisit dans une pièce du pavillon du milieu, faisant face au bois. Là, il étoit attendu par huit juges ou plutôt huit bourreaux....

Interrogé par eux, le duc leur parla avec la noblesse et la simplicité qui convenoient à son caractère et à sa vertu. Le président lui ayant demandé pourquoi il avoit porté les armes contre son pays, il répondit : « J'ai combattu avec ma famille pour recouvrer l'héritage de mes ancêtres; mais depuis que la paix est faite, j'ai posé les armes, et j'ai reconnu qu'il n'y a plus de rois en Europe. » Les juges étoient incertains : son innocence, son nom et le souvenir de son illustre intrépidité les faisoient hésiter.

Ils écrivirent à Buonaparte pour avoir ses ordres. On tint conseil aux Tuileries : Cambacérès opina pour que l'on n'immolât point le prince : Ah ! depuis quand, répondit Buonaparte, êtes-vous devenu si avare du sang des Bourbons ? . . . . . et il écrivit au bas de la lettre qui lui avoit été adressée ces mots infâmes, qui seront pour lui une tache ineffaçable : *Condamné à mort.*

La sentence prononcée, le prince voit entrer M. N . . . ., officier de gendarmerie d'élite, qui avoit été élevé dans la maison de Condé. Il le reconnoît et lui témoigne sa joie de le revoir. M. N . . . ., qui conservoit un cher souvenir de la jeunesse du prince, au lieu de répondre, baisse la tête et pleure. Hélas ! c'étoit lui qui commandoit le détachement chargé d'exécuter l'arrêt de la commission militaire..... On quitte le repaire des assassins : on descend dans les fossés du château par un escalier étroit, obscur et tortueux. Le prince se retourne vers l'officier et lui dit : Est-ce qu'on veut me plonger tout vivant dans un cachot? Suis-je destiné à périr dans les oubliettes?.... Non, monseigneur, lui répond N.... en sanglotant; soyez tranquille. On continue la marche, et l'on arrive au lieu du massacre. Le jeune héros voit tout cet appareil et s'écrie : Ah! grâce au ciel! je mourrai de la mort d'un soldat.

Au moment d'être frappé, le duc d'Enghien debout et de l'air le plus intrépide dit aux gendarmes : Allons, mes amis... — Tu n'as point d'amis ici, dit une voix insolente et féroce. En général, on entoura la mort de ce prince de toutes les circonstances douloureuses que l'on put y ajouter. Aussitôt après la lecture de son jugement, il demanda un ministre de la religion pour remplir ses derniers devoirs. Un sourire insultant et presque général accompagna la réponse suivante que lui fit un de ses juges : Est-ce que tu veux mourir en capucin ? Un prêtre ? Bah ! ils sont tous couchés à cette heure. Le prince, indigné, ne proféra pas un seul mot. Il s'agenouilla, éleva son âme à Dieu, et après un moment de recueillement se releva et dit : Marchons. Savary, ainsi que Murat, étoient présens à l'exécution. En allant à la mort, le duc d'Enghien témoigna le désir qu'on remît à une personne qui lui étoit extrêmement chère, une tresse de ses cheveux, une lettre et un annëau. Un soldat s'en étoit chargé; Savary s'en étant aperçu, les saisit en s'écriant : Personne ici ne doit faire les commissions des traîtres.

C'est dans la partie orientale du château de Vincennes qu'a été fusillé, en mars 1804, Louis-Antoine-Henri de Bourbon, né à Chantilly près Paris, le 2 août 1772, prince réellement accompli, et dont les qualités brillantes promettoient un digne petit-fils du grand Condé. Sa mémoire fut honorée dans toute l'Europe par des cérémonies religieuses. On célébra en son honneur à Saint-Pétersbourg un service, où le cénotaphe portoit l'inscription suivante :

Au grand et magnanime Prince
Louis-Antoine-Henri
BOURBON-CONDÉ, DUC D'ENGHIEN,
non moins recommandable
par sa valeur personnelle et celle de ses ancêtres,
que par sa mort funeste.
Un monstre Corse,
la terreur de l'Europe,
le fléau du genre humain,
l'a dévoré à la fleur de son âge.

Conspiration de George.

Buonaparte étoit lui-même l'artisan de toutes les conspirations tramées contre lui. Quant à celle de Pichegru, il ne peut y avoir aucun doute.

Les jacobins n'avoient pas paru le seul empêchement aux projets ambitieux de Buonaparte. Il y avoit aussi les royalistes, invinciblement liés à la cause des Bourbons ; il y avoit aussi les républicains par principes ou par habitude, qui, n'ayant jamais professé des opinions extrêmes, et ayant encore moins commis des actions coupables, s'étoient attachés à la forme du gouvernement par les services qu'ils lui avoient rendus dans l'administration, dans la magistrature et dans les armées. Au premier rang de ces hommes abusés, mais estimables, figuroit le général Moreau, reconnu de l'Europe entière pour le premier capitaine de l'époque ; doué d'autant de modestie et de simplicité que Buonaparte étaloit de vanité et de charlatanerie ; estimé des chefs et des peuples ennemis, envers qui il se montroit toujours loyal, humain et généreux ; adoré de ses soldats, dont il ménageoit le sang, et de ses lieutenans, dont il ne déroboit point la gloire ; étranger à ces disputes de prééminences toujours si vaines et souvent si fatales, on le vit plus d'une fois, après s'être laissé dépouiller sans murmure du commandement suprême, le reprendre sans orgueil pour sauver son armée, et le remettre sans humeur pour recommencer à obéir, n'ayant d'autre ambition que celle d'être utile à son pays, et se croyant peu habile à le servir autrement que les armes à la main. Dès qu'il les avoit déposées, il rentroit sans éclat, sans faste, dans les rangs de la société, vivoit paisiblement dans un cercle de parens et d'amis ; et le grand général, redevenu simple citoyen, passoit sans être aperçu au milieu d'un peuple qui s'entretenoit encore de ses exploits. Un tel homme et Buonaparte différoient trop pour qu'aucun lien pût les unir, aucun intérêt les rapprocher. Buonaparte nourrissoit contre Moreau une haine jalouse et cruelle, que toute sa dissimulation ne pouvoit parvenir à cacher. Moreau, exempt d'envie, avoit pour le caractère intrigant et artificieux de Buonaparte un froid mépris, dont l'expression franche trouvoit des échos perfides ou indiscrets. Moreau s'étoit quelquefois moqué des pompes ridicules dont Buonaparte avoit cru devoir décorer son pouvoir naissant; et Buonaparte furieux avoit juré la perte de Moreau, qui ne pouvoit pas s'en tenir toujours à des plaisanteries, qui pouvoit, fort de son immense crédit dans le peuple et dans l'armée, arrêter l'usurpateur au pied du trône même sur lequel il vouloit monter.

Buonaparte enfanta donc un des projets les plus machiavéliques qui soient sortis d'une tête humaine. Les royalistes l'inquiétoient ; des émissaires furent chargés par lui de tromper ceux du dehors sur le véritable état des choses en France, de les engager à nouer des relations avec ceux de l'intérieur, et enfin de les déterminer à se rendre eux-mêmes à Paris pour y consommer l'exécution du complot qu'ils avoient arrêté. Les royalistes donnèrent dans ce piége odieux. Parmi eux on distinguoit, à cause de son ancienne gloire, le général Pichegru : l'amitié l'avoit lié autrefois avec le général Moreau ; le vaste amas des erreurs et des torts révolutionnaires avoit séparé ces deux hommes, qui n'avoient pas cessé de s'estimer, et qui désiroient peut-être se rapprocher. La présence de Pichegru à Paris occasiona quelques entrevues entre lui et son ancien ami, et les espions, placés jusque dans le sein de la société de Moreau par Buonaparte, ne manquèrent pas de l'en informer. Pichegru étoit venu pour conspirer ; il avoit vu Moreau, donc Moreau conspiroit aussi : quelle joie pour Buonaparte de les perdre tous deux, et surtout de perdre l'un par l'autre !... Les tortures physiques et morales de la police, et l'infamie payée d'un délateur, servirent la passion de Buonaparte, et bientôt Paris vit en frémissant sur tous les murs le nom de Pichegru, celui de Moreau, accompagnés de l'odieuse épithète de brigands.

Il étoit essentiel pour Buonaparte de voir Moreau impliqué dans la conspiration, même par l'invention du mensonge le plus invraisemblable comme le plus impudent, parce qu'il vouloit écarter un ennemi aussi redoutable, avant d'essayer de se rendre souverain absolu de la France. Enfin, ce fut sur des invitations et des encouragemens semblables, que ces malheureux royalistes se rendirent en France ;... ils étoient trahis même avant de partir. Il ne suffisoit pas à Buonaparte d'être parvenu à son but, en enveloppant Moreau et Pichegru dans la conspiration, il vouloit les faire condamner à mort. Cependant l'adresse et la fermeté de Pichegru lui causèrent quelque inquiétude. Pichegru fut étranglé dans sa prison. On prétendit qu'il s'étoit étranglé lui-même, et l'on eut l'audace de constater le prétendu suicide par un procès verbal qui en démontroit l'impossibilité. Buonaparte destinoit à Moreau un sort plus affreux encore : il avoit ordonné au tribunal de le condamner à mort, afin que lui-même, disoit-on, pût le flétrir ensuite de lettres de grâce plus déshonorantes que le supplice. Il est permis de douter aujourd'hui qu'il ait eu réellement l'intention d'user de cette espèce d'indulgence, toute cruelle qu'elle eût été: sa propre conduite a prouvé depuis que la perte de l'honneur lui sembloit moins cruelle que celle de la vie; et sans doute il auroit cru mieux servir à la fois sa haine et sa sûreté, en laissant périr Moreau sur l'échafaud, qu'en lui remettant sa peine. Quoi qu'il en soit, Moreau fut soustrait à l'un et à l'autre de ces supplices par l'arrêt du tribunal, qui le condamnoit à deux ans de prison; peine que Buonaparte commua bientôt en un bannissement perpétuel: mais il eut de quoi se consoler de la douleur de voir que les lauriers de Moreau avoient sauvé sa tête d'un trépas ignominieux. Après avoir bu, en signe d'alliance avec les jacobins, dans une coupe remplie du sang du duc d'Enghien, avoir donné la mort à Pichegru, le plus redouté de tous les chefs du royalisme; enfin, après avoir envoyé Moreau sur le banc des criminels et avoir chassé de sa patrie et exilé ce grand militaire, l'objet de son éternelle jalousie et le plus illustre représentant du parti républicain, tel qu'il existoit alors en France, il crut voir les degrés du trône entièrement libres devant lui, et il y monta pour faire, pendant dix ans, le malheur du monde entier.

Assassinat de Pichegru.

Buonaparte, qui redoutait la popularité de Pichegru, et le langage ferme, énergique et hardi qu'il avoit tenu à Réal lors de son interrogatoire, résolut sa perte; car ce dernier ayant dit à Pichegru :

« *Vous êtes certainement venu avec le projet de rétablir les Bourbons? — Et quand cela seroit,* répondit Pichegru, *qu'est-ce qui est le plus honorable de placer la couronne sur la tête d'un prince légitime, ou sur celle d'un faquin à qui je n'aurois pas laissé battre le tambour dans mon armée?...* »

Pichegru étoit gardé par deux gendarmes; mais comme la police ne se soucioit pas d'avoir des gendarmes dans la maison où le meurtre devoit se commettre, on les éloigna, sous prétexte qu'il y avoit beaucoup de mécontentement dans la gendarmerie, et qu'on ne pouvoit pas compter sur eux (ce qui, par parenthèse, étoit vrai). En conséquence, des Mameloucks et des Albanaïs furent chargés de faire le service au Temple, et l'exécution fut confiée aux premiers. Quatre hommes l'étranglèrent, et ces quatre hommes furent ensuite fusillés pour quelque crime supposé : le fait est que le gouvernement avoit peur que tôt ou tard ils ne parlassent.

Mais ce qui convainquit le public que Pichegru avoit été assassiné, fut une étourderie inconcevable que le gouvernement commit.

C'est un fait bien connu qu'on annonça publiquement que le corps de Pichegru seroit transporté du lieu où il avoit été assassiné, dans la cour de justice criminelle, pour y être examiné, et pour y être fait lecture en même temps du procès verbal des chirurgiens, rendant compte des causes de sa mort, en présence de tous les juges de cette cour, qui eurent l'ordre de s'y rendre. Mais lorsqu'ils arrivèrent, on n'avoit point encore apporté le corps de Pichegru ; il n'étoit pas assassiné!!... Cruelle et à la fois burlesque méprise de la scélératesse!... l'exécution n'eut lieu que le lendemain du jour pour lequel les juges avoient été mandés.

En conséquence de ce défaut de prévoyance, ils s'en retournèrent très-surpris. Le lendemain, ils furent de nouveau avertis pour le jour suivant, et dans l'intervalle le malheureux Pichegru fut étranglé.

Le capitaine Wright.

Je vais maintenant rendre compte d'un fait qui ne sera jamais oublié. J'espère que ni conquêtes, ni couronnes, ni victoires, ni nouveaux mariages n'effaceront jamais de l'âme d'un Anglais le souvenir des cruautés sans exemple exercées sur un capitaine de la marine britannique : je veux parler du capitaine Wright, dont le crime étoit d'avoir obéi aux ordres de son gouvernement, qui consistoient à faire débarquer sur la côte quelques personnes dont il ne connoissoit nullement la mission.

Qu'eût dit l'Europe entière, si le gouvernement anglais eût fait mettre à mort l'amiral du vaisseau français *le Hoche*, pris sur les côtes d'Irlande, ayant à bord Théobald Wolfe Tone ? Les circonstances étoient cependant à peu près les mêmes, et plutôt en faveur du capitaine Wright, en ce que M. Tone étoit à bord avec des troupes, et portoit l'uniforme français, au lieu qu'il n'y avoit pas de troupes à bord du vaisseau commandé par le capitaine Wright.

Tout le monde sait qu'il fut appelé pour déposer au procès de Moreau, mais qu'il refusa de répondre aux questions qui lui furent faites. Buonaparte croyoit que le capitaine Wright connoissoit des personnes à Paris, qui auroient été en correspondance avec le gouvernement anglais. En conséquence, après le procès de Moreau, on appliqua le capitaine

Wright aux tortures les plus cruelles, telles que de lui serrer les pouces, de lui frotter de lard la plante des pieds, et d'y appliquer des plaques de cuivre rougies au feu ; ils lui coupèrent un bras, puis une jambe. Ses bourreaux ne se bornant pas à ces cruautés, eurent l'impudence de lui dire : « *Qu'à présent qu'il étoit hors d'état de retourner dans sa patrie*, le gouvernement français auroit soin de sa personne, s'il vouloit révéler tout ce qu'il savoit. » A cela il répondit « qu'il se regarderoit comme rebelle à son Dieu et à son roi, s'il avoit la moindre communication avec des êtres capables de se conduire comme ils l'avoient fait. » Peu après il fut étranglé, et le corps fut enlevé du Temple au milieu de la nuit.

On dit alors dans les journaux qu'il s'étoit coupé la gorge, après avoir lu dans le *Moniteur* la nouvelle de la capitulation du général Mack et de son armée à Ulm. Il n'est cependant pas très-probable qu'un homme qui se seroit déterminé à se couper la gorge, parce qu'il auroit reçu de mauvaises nouvelles, auroit attendu neuf jours pour exécuter son dessein; et les journaux français eux-mêmes conviennent que neuf jours s'étoient écoulés depuis qu'il avoit lu le récit du *Moniteur*, jusqu'à celui où l'on répandit le bruit qu'il avoit commis cet acte de désespoir.

Couronnement.

Ainsi Buonaparte marchoit de crime

en crime, et ce fut à cet être épouvantable que les Français prêtèrent serment de fidélité, et sur sa tête qu'on plaça la couronne des Bourbons! Pour rendre *la farce* complète, et donner l'apparence de la légitimité à son usurpation, le tyran crut qu'elle seroit en quelque sorte sanctionnée aux yeux du peuple, s'il pouvoit être couronné par le Pape. Ceci souffrit de grandes difficultés par la résistance qu'y opposa le Saint-Père; il fut cependant à la fin obligé de céder à la force, et se mit en route pour se rendre de Rome à Paris.

Pour prix d'un tel sacrifice, l'infortuné Pie VII, victime de la plus noire perfidie, arraché nuitamment de ses états et transféré à Fontainebleau, se vit en butte aux persécutions d'un homme à qui il avoit prodigué les plus grandes faveurs, et qui ne sut répondre à de si étonnans bienfaits, que par une ingratitude plus étonnante encore. Quel spectacle à retracer que celui d'un vieillard courbé sous le poids des ans, accablé d'infirmités, enlevé à ses amis les plus intimes, à ses conseillers les plus fidèles, n'ayant que Dieu pour témoin de sa patience, et pour appui que son humble prière, triomphant dans les fers de l'oppresseur des nations, et montrant, par son exemple, qu'une conscience religieuse est au-dessus de toutes les forces humaines! Quelle matière à de grandes et utiles réflexions!!!..

La conscription.

Que lui importoient les victimes de sa fureur guerrière et dévastatrice?... N'avoit-il pas la conscription?... Quels maux cette loi seule de la conscription ne versa-t-elle pas sur la France! Chaque jour des dispositions nouvelles qui la rendoient encore plus meurtrière. Avec quelle cruauté croissante et quel despotisme Buonaparte n'éludoit-il pas toujours cette même loi, ne la violoit-il pas pour la rendre plus barbare encore! Ne respectant pas les barrières qu'il avoit posées lui-même, reprenant les décimés qui s'étoient plusieurs fois légalement rachetés, les comprenant sous des dénominations différentes dans de nouveaux enrôlemens militaires, devançant l'âge qu'il avoit fixé, ces infortunés, enlevés à leur chaumière avant d'être parvenus à l'âge d'homme, se prenoient à pleurer, et crioient en tombant frappés par le boulet : Ah ! ma mère, ma mère! cri déchirant, qui dénotoit l'âge tendre de l'enfant arraché la veille à la paix domestique, de l'enfant enlevé tout à coup des mains de sa mère pour servir son barbare souverain. Tels étoient les moyens affreux qu'il prenoit pour remplacer par de nouvelles victimes celles péries par le fer meurtrier et la foudre du dieu des combats ; et si le ciel n'eût arrêté sa fureur, la France entière n'auroit bientôt offert que des femmes, des enfans, des mutilés, des vieillards blanchis par l'âge, et près de descendre au tombeau. Enfin rien ne pouvoit échapper à cette loi dévastatrice, car Buonaparte avoit rendu responsables pères, mères, frères, sœurs, oncles, tuteurs, etc., et jusqu'aux communes même du conscrit qui auroit tenté de s'y soustraire.

Envahissement de l'Espagne.

Le traité secret de Tilsitt répandit les germes de nouveaux maux, et ouvrit la voie à de nouvelles usurpations. Les troupes du tyran, dont les bras étoient encore fatigués de carnage, furent envoyées en Espagne et en Portugal, sous prétexte d'attaquer Gibraltar et d'occuper les ports du Portugal.

Le roi d'Espagne, don Carlos, foible à la vérité, mais cependant souverain indépendant de toute puissance étrangère, s'étoit laissé séduire par les artifices de Buonaparte, et avoit formé avec la France une alliance contre l'Angleterre. La marine d'Espagne étoit aux ordres de Buonaparte, et supportoit le poids de ses batailles navales. La fleur de l'armée espagnole, montant à soixante mille hommes, avoit été envoyée en Allemagne, pour combattre aussi sur terre pour Buonaparte, et contribuer à la chute de la Russie, de la Prusse et de l'Autriche. En l'absence de ces défenseurs naturels de leur patrie, une armée française est envoyée en Espagne, sous le prétexte spécieux d'occuper les ports du Portugal : mais ces hordes ont à peine pénétré en Espagne, qu'il s'empare des forteresses espagnoles, et prétend traiter comme rebelles tous les Espagnols qui lui résistent. Il attire le roi d'Espagne et son fils à Baïonne, sous prétexte d'interposer sa puissante médiation et de décider entre eux.

Le vieux roi d'Espagne Charles IV, son épouse, ses enfans, et entre autres le prince des Asturies, que l'abdication de son père avoit saisi de la couronne sous le nom de Ferdinand VII, furent gardés à vue à Baïonne, après que Buonaparte les y eut attirés. A l'aide de divers stratagèmes, Buonaparte sut bientôt s'emparer de l'esprit du vieux roi, à un tel point que celui-ci redemanda le trône à son fils. Le prince des Asturies se fit un devoir de céder à ce désir, mais aux conditions suivantes : 1°, que Charles IV retourneroit à Madrid, où il seroit accompagné par lui, qui le serviroit en fils soumis et fidèle ; 2°, que les Cortès y seroient assemblés, ou que, si la réunion d'un corps aussi considérable répugnoit au vieux roi, tous les tribunaux et députés du royaume seroient convoqués ; 3°, que ce seroit en présence de ce conseil que la résignation du prince des Asturies auroit lieu d'une manière légale, et propre à rendre publics les motifs dans lesquels elle seroit faite ; 4°, que Charles IV ne se feroit pas suivre par certaines personnes signalées comme s'étant attiré justement la haine de toute la nation ; 5°, que si, comme le prince des Asturies prétendoit en avoir été informé, le vieux roi ne vouloit plus régner en personne ni retourner en Espagne : dans ce cas, lui, prince des Asturies, prendroit le gouvernement en son nom royal, comme son lieutenant. Ces conditions, dès le lendemain 2 mai 1808, attirèrent au prince des Asturies, de la part de son père, une lettre foudroyante, que le secrétaire d'état Cevallos prétend avoir été dictée entièrement par Buonaparte.

Le prince des Asturies fit à cette lettre une réponse justificative, qui ne remplit pas les vues du roi. Charles IV l'appela alors, et, dans les termes les moins ménagés, lui ordonna, en présence de la reine sa mère et de Buonaparte, de souscrire une abdication pure et simple. Le prince des Asturies le fit dans la lettre suivante :

« Mon très-honoré père et sei-
» gneur, j'ai déposé entre vos mains,
» le 1er de ce mois, ma renoncia-
» tion à la couronne en faveur de
» Votre Majesté ; j'ai cru qu'il étoit
» de mon devoir de modifier cette
» renonciation par des conditions
» que m'imposoient également et
» le respect que je porte à Votre
» Majesté, et la tranquillité de mes
» états, et la conservation de mon
» honneur et de ma réputation.
» C'est avec une extrême surprise
» que j'ai vu l'indignation qu'avoient
» produite dans l'âme de Votre Ma-
» jesté ces modifications dictées par

» la prudence, et commandées par » l'amour que je porte à mes su- » jets. Sans autre motif quelconque, » Votre Majesté a jugé convenable » de m'adresser, en présence de ma » respectable mère et de l'empe- » reur, les propos les plus inju- » rieux, et, non contente de cela, » de me redemander ma renoncia- » tion pure et simple, sous peine » d'être moi-même, ainsi que les » personnes qui composoient mon » conseil, traités comme des cons- » pirateurs.

» Dans cet état de choses, je re- » mets à Votre Majesté la renon- » ciation qui m'est *commandée*, » afin qu'elle puisse retourner en » Espagne pour y reprendre les rênes » du gouvernement dans l'état où il

» se trouvoit le 19 mars, lorsque » Votre Majesté abdiqua spontané» ment sa couronne en ma faveur. »

C'est en vertu de cette lettre et des autres actes de renonciation qui furent aussi extorqués à l'infant don Carlos, frère du prince des Asturies, et à son oncle l'infant don Antonio, que le vieux roi Charles IV fit à Buonaparte cession de la couronne d'Espagne, qu'il plaça sur la tête de son frère Joseph.

Son Divorce.

Se voyant, comme il le disoit sans cesse, favorisé par la fortune et par ses armes, Buonaparte songea à s'allier avec une des puissances de l'Europe, et jeta ses vues sur la maison d'Autriche; mais il falloit rompre une union qu'il ne regardoit que comme inférieure à lui, depuis qu'il étoit monté sur le trône. Ce fut à cette occasion qu'il se servit de toute l'astuce de son esprit pour parvenir à son but; et, sous le prétexte de l'intérêt public, sous celui de laisser un héritier de son nom qui pût assurer le bonheur des Français, il osa faire proposer au Sénat la dissolution de son premier mariage. Ce premier corps de l'état consentit sans aucune difficulté à cet acte, qui étonna l'Europe entière; et l'empereur d'Autriche croyant, par le plus grand des sacrifices (celui de lui donner une fille chérie), obtenir une paix et une alliance continues avec l'homme qui avoit porté tant de fois dans ses états le ravage de la guerre, n'hésista pas à souscrire à ses vues.

Non content de dissoudre son mariage, Buonaparte choisit le jour qu'Eugène, son beau-fils, parut pour la première fois au Sénat pour y prêter son serment, pour faire faire le rapport des motifs qui l'engageoient à rompre une union de laquelle il n'avoit nullement à se plaindre, et il donna à l'Europe le spectacle d'un fils sacrifiant les intérêts d'une mère chérie à l'ambition de celui dont ce même fils avoit tant de fois défendu la cause par son courage et sa valeur. Ce trait est peut-être unique dans l'histoire, et donne une idée de ce que l'on pouvoit attendre d'un homme qui brisoit, sur de vains motifs, le lien d'une des institutions les plus sacrées.

D'ailleurs, n'avoit-il pas la faculté de se choisir un successeur, et sa nombreuse famille ne lui en fournissoit-elle pas les moyens? Mais cela ne suffisoit pas à son ambition, et l'alliance avec une tête couronnée satisfaisoit mieux ses désirs. Ainsi Joséphine, qui avoit contribué à l'élévation du despote, éprouva, comme tant d'autres, son ingratitude; mais ce qui dut la consoler, c'est qu'elle fut généralement regrettée, et que la fermeté de caractère qu'elle déploya dans cette circonstance, ne servit qu'à lui acquérir de plus en plus l'estime des Français et de l'Europe entière.

Campagne de Moscou.

Cette effroyable catastrophe est unique dans les fastes de l'histoire. L'armée de Cambyse, ensevelie sous les sables de la Libye, l'expédition de Darius contre les Scythes, la défaite des légions de Varus, le désastre de Charles XII, n'offrent rien de comparable à ces scènes de désespoir et d'horreur qui ont laissé de si terribles souvenirs. Quel grand et déplorable spectacle que celui de l'agonie de quatre cent mille guerriers! L'espace effrayant qu'ils avoient à franchir, et qui ne présentoit à leurs regards que les débris des hameaux et des villes, leur marche silencieuse au milieu des frimas, non pendant quelques jours, quelques semaines, mais pendant plus d'un mois, dont chaque minute étoit comptée, dont chaque seconde marquoit une perte, une souffrance ;... une armée de victimes livrées aux horreurs de la faim, sans force pour combattre un ennemi furieux, jetant ses armes, abandonnant ses canons, se disputant les plus vils alimens, n'ayant qu'une pensée, celle de son retour, et qu'un aspect, celui de la mort.... : voilà des traits qui manquoient à Tacite lorsque, nous ouvrant les forêts de Teneberg, il traça d'une plume si sublime la défaite des légions de Varus. Mais toute la force de son génie, toute la puissance de sa parole auroient-elles pu suffire, même pour esquisser ici de si effroyables tableaux?...Est-il des expressions assez touchantes, assez énergiques pour faire sentir les angoisses de ces pâles guerriers qui, sortant tout à coup de leurs rangs avec un rire convulsif, s'agitoient un instant, poussoient des cris étouffés, et tomboient au milieu de leurs compagnons, qui passoient avec indifférence!!... L'égoïsme étoit devenu le plus grand de leurs maux; point de secours à espérer de cette foule d'hommes qui ne marchoient que pour prolonger leurs douleurs, qui ne s'arrêtoient que pour mourir. Toutes les âmes étoient abattues, tous les sentimens éteints, ou, pour mieux dire, le malheur étoit resté sans témoins; il n'y avoit plus que des victimes. Cependant, que faisoit Buonaparte au milieu de tant de calamités ? Il abandonnoit ses soldats, et nous parloit de ses victoires : et lorsque, forcé d'avouer sa honte et sa fuite, il revenoit insolemment demander de nouvelles victimes ; lorsque, dans son dernier bulletin, il proclamoit la perte de son armée, la France entendit une voix adulatrice qui s'écrioit que « Ce bulletin devoit ajouter à l'admiration qu'inspiroient la fermeté héroïque et le puissant génie de S. M... » Peut-on être capable d'une telle bassesse ?..

Mais, à l'heure où des bataillons entiers restoient immobiles et glacés au milieu des déserts, d'autres infortunés s'égaroient, isolés dans ces vastes solitudes. Heureux lorsque le hasard les faisoit rencontrer ces longues lignes de morts qui attestoient le passage de l'armée! Ils se guidoient par leurs traces sanglantes, et ne périssoient que lorsque cet horrible secours venoit à leur manquer. Hélas! combien d'adieux ne furent pas entendus! combien de larmes ne furent pas essuyées! Buonaparte n'en versa point alors : lui seul avoit commis le crime, et lui seul ne connut pas la douleur.

Un de ces infortunés, délaissé de ses compagnons, fut long-temps errant dans les détours d'une forêt immense. Aucune habitation ne s'offroit à ses regards : s'il rencontroit un village, il étoit ruiné et désert; s'il rencontroit des hommes, ils étoient morts ou expirans; enfin il aperçoit la fumée d'une chaumière;

son cœur bat avec violence, mais ses pieds à moitié nus refusent de le soutenir; il n'a plus que quelques pas à faire pour trouver du secours, et la force l'abandonne; il voit le lieu de son salut, et il ne peut y atteindre. Alors il pose un genou sur la terre, arrache les linges qui enveloppent ses pieds, et veut les réchauffer avec de la neige. Hélas! il ne s'aperçoit pas que le genou sur lequel il s'appuie est déjà glacé; c'est vainement qu'il tente de se relever : pendant qu'il fait un dernier effort, sa main gelée s'attache à la terre, son visage découvert se glace; c'est inutilement qu'il essaie de se ranimer : à peine il distingue quelques soldats qui passent à ses côtés, et dont il ne peut se faire entendre. Il est dans la marche de la congélation un état de réaction qui n'a point encore été l'objet de l'étude des médecins, et qui mérite d'attirer toute leur attention. Au moment où la vie est sur le point de s'évanouir, où un sommeil irrésistible accable, ce sommeil est tout à coup troublé par un sentiment douloureux, par des inquiétudes pénibles qui raniment peu à peu les sens. Chaque organe semble faire des efforts prodigieux pour repousser l'agent destructeur qui le tue, et dans cette lutte opiniâtre la vie s'use insensiblement, si elle n'est aidée par un secours étranger. Parvenu à cet état, notre infortuné se ranime légèrement, son sang circule, il ouvre les yeux et aperçoit une femme qui accourt à sa voix ; elle le soutient, elle le traîne, elle l'encourage, ils arrivent aux portes de la chaumière ; et le spectacle le plus déplorable s'offre encore à leurs regards. Seize soldats semblables à des ombres étoient immobiles autour de plusieurs arbres enflammés ; aucun ne se dérange, aucun ne tourne la tête au bruit, ils ne se regardent pas même entre eux. En vain cette femme secourable leur crie qu'ils vont périr, s'ils ne s'éloignent du feu : ils ne voient et n'entendent rien. Leurs yeux sont fixes, leurs mains sont agitées de mouvemens convulsifs ; quinze minutes s'étoient à peine écoulées, et il n'en restoit pas un seul vivant. A mesure que de nouveaux soldats arrivoient dans cette chaumière, on les voyoit se précipiter vers le feu, s'asseoir silencieusement sur les cadavres de leurs camarades, et, saisis par le changement subit de la températu-re, tomber morts à leurs côtés. La faim augmentoit encore le nombre des victimes ; madame Aurose Bursay, arrachée de Moscou par Buonaparte, et se trouvant à deux journées de Krasnoï, obtint, par une faveur signalée, un paquet de farine de riz. Mais le papier s'étant crevé, il s'en répandit quelques onces sur le cuir de la voiture de Buonaparte : tout à coup un homme se précipite pour recueillir cette pincée de farine ; il la porte à sa bouche, et il expire au même instant auprès des roues de la voiture.... Mais revenons à l'incendie d'une des premières cités du monde; considérons le dévouement sublime de ses habitans, l'aspect d'une armée accablée de fatigue, qui, au lieu d'un séjour de repos, n'aperçoit qu'une immense plaine couverte de palais enflammés. Voyons comme un affreux tableau les soldats qui apparoissent chargés de dépouilles au milieu de cet océan de feu, un peuple entier errant sans asile, sans pain, sans secours, dans des rues couvertes de cadavres. Non, jamais le ciel, dans sa colère, n'offrit aux hommes un spectacle plus effroyable; et pour ajouter à son horreur il suffit de se représenter Buonaparte aux fenêtres du Kremlin, suivant froidement de l'œil les progrès de l'incendie qui alloit l'environner, et se décidant à fuir à l'aspect d'un danger qui ne l'eût pas fait frémir, s'il n'étoit devenu dangereux pour lui!!.....

On ne vit alors dans Moscou que des militaires furetant dans les avenues des maisons, forçant les portes, arrachant les habitans de leurs retraites, et parcourant les rues sans souliers, sans habits, ou travestis si bizarrement, qu'ils n'avoient l'air de soldats que par leurs armes. Ce qui rendoit le pillage plus affreux, c'étoit l'ordre méthodique avec lequel on l'accordoit successivement à tous les corps de l'armée. Ces mêmes soldats qui venoient de se couvrir de gloire dans tant de combats, égarés par la misère et par leur chef, ne faisoient plus à la hâte un métier défendu ; ils exécutoient un ordre, ils remplissoient leur devoir. Pendant ce temps, Buonaparte étoit rentré dans le Kremlin, où il faisoit faire de la musique par des chanteurs italiens.

De la musique au milieu d'un horrible incendie, des cris de désespoir d'une multitude errante ! Qui pourroit retenir son indignation en lisant cet effroyable récit ?....

Retraite de Leipsick.

La retraite de Leipsick fut le signal d'une déroute aussi désastreuse que celle de Moscou.

Partout on vit l'horrible spectacle de la terreur, du désespoir, de l'insubordination, du pillage, et aucun lieu ne fut respecté. A Erfurt, ville de passage, il existoit sept hôpitaux; au bout de vingt-quatre heures, pas un bouillon, pas un verre de vin, pas un morceau de pain, pas une compresse, pas une once de charpie! Les habitans eux-mêmes étoient sans subsistances; tout le monde fuyoit : les malades, les blessés seuls demeuroient; ils expiroient d'inanition dans les refuges de l'humanité, ou plutôt dans les sépulcres de Napoléon.

Lorsque Buonaparte, rétrogradant, traversa Erfurt, on lui exposa la position déplorable des hôpitaux, « Je donne, dit-il, 6,000 francs *par jour sur ma cassette;* » et il partit au galop. La cassette arriva peu de temps après lui ; point d'ordre à exhiber, la cassette passa outre. Les malheureux !.... on frémit en songeant à leur sort.

Lorsqu'après l'affaire de Hanau, les débris de l'armée commencèrent à rentrer en France, rien n'avoit été préparé pour recevoir ces milliers d'infortunés, de spectres vivans, qui, pas à pas, traînant leur affreuse existence, affluèrent pendant quatorze jours sans interruption.

A Mayence, les hôpitaux, les églises, les lycées, les douanes, les magasins étant bientôt insuffisans, on eut recours aux maisons des habitans. Les Mayençais firent preuve, dans cette occasion, d'un dévouement sans bornes ; quinze mille malades ou blessés furent logés, soignés chez les bourgeois, et pourtant l'arrivée successive des bateaux ne se ralentissoit pas.

Le Rhin ressembloit à l'Achéron pendant des jours de carnage; sans cesse s'avançoit vers la rive une barque silencieuse.... Au teint pâle et livide de ceux qu'elle amenoit, on croyoit voir les ombres de nos guerriers descendre sur les sombres bords de ce fleuve qu'on ne repasse plus....

C'est alors qu'on vit, pendant quatre-vingt-seize heures, les rues encombrées de mourans : les uns expiroient sur les degrés extérieurs, en attendant qu'un cadavre fût enlevé de la maison; les autres, étendus au coin des bornes, avoient perdu l'espoir de rendre le dernier soupir sous un toit hospitalier. Le râle de la mort s'entendoit à chaque pas, la dyssenterie exténuoit tous les corps, la ville n'étoit que fange, l'air étoit infecté....

Sur la chaussée, des chevaux ruinés, écorchés, d'une maigreur extrême, n'ayant ni fourrage, ni litière, tomboient d'épuisement; des caissons brisés, des affûts sans canons, des fourgons renversés, des gémissemens, des sanglots, des imprécations, un temps affreux; sur la place d'armes, enfin, des régimens entiers bivouaquant dans la boue; et Buonaparte?... aux Tuileries ou bien à l'Opéra!!!

Quelques jours après, nouveau fléau : une épidémie épouvantable se déclara dans les hôpitaux, et même dans la ville. Citadins, militaires, chefs, employés, presque personne n'en fut exempt ; un nombre effrayant succomba ; le préfet lui-même, le gouverneur atteints, moururent.

Comment la contagion n'auroit-elle point exercé ses ravages au sein d'une cité où l'on reçut (à peine on pourra le croire) des blessés qui n'avoient point été pansés depuis Leipsick... quatre-vingt-douze lieues de distance ? Leurs plaies étaient gangrenées au point que les vers y pulluloient, et perçoient même à travers l'appareil.

Du 7 au 20 novembre, il mouroit à Mayence jusqu'à cinq cents individus par vingt-quatre heures, le huitième environ des bourgeois. On trouvoit dans chaque carrefour des corps inanimés, que les habitans voisins venoient y déposer. Personne pour les enlever ; beaucoup restoient trois et quatre jours sur le pavé. Les chars funèbres étoient réservés spécialement pour les inhumations civiles ; ils se croisoient sans interruption, cinq à six cercueils sur chacun d'eux : toutes les voitures de transport cachées ou requises, des tas énormes d'immondices, la police mal faite, le maire aux abois....

Hors la ville, on apercevoit dans le cimetière une quantité si prodigieuse de cadavres amoncelés, qu'elle excédoit la hauteur des murs d'enceinte.

On paya jusqu'à 60 fr. par jour des fossoyeurs ; ils périrent tous : le Rhin alors devint la tombe générale....

On frissonne lorsqu'on pense que de tels malheurs sont le résultat d'une coupable et volontaire imprévoyance.

Massacre de Lutzen.

Après cet affreux massacre, toute la maison de l'empereur, composée de plus de soixante voitures, traversa ventre à terre le champ de bataille, foulant aux pieds des chevaux et écrasant sans pitié les blessés français. (Je dis *Français*, parce que le mouvement de concentration des alliés fut fait avec tant d'ordre et d'habileté, qu'on ne trouva pas après eux un seul des leurs.)

Eh bien! les cris affreux, déchirans; ces corps mutilés, se roulant pêle-mêle, se hâtant de traîner après eux leurs membres en lambeaux, cherchant encore la vie sur le champ de la mort ; l'effroyable craquement des os et des crânes, le sang et les cervelles qui jaillissoient jusque sur les écuyers, ont-ils pu ralentir la course meurtrière ?... Non : il falloit bien que les valets imitassent leur maître. Cet épouvantable exemple fut donné, pour la première fois, par Buonaparte *lui-même*, à son entrée dans la ville d'Eylau. Les rues qui conduisoient au château étoient encombrées de morts et de mourans ; sa propre voiture écrasa, broya tout ce qu'elle rencontra sur son passage ; les cours du palais, semblables à celles de Brienne, étoient jonchées de blessés et de cadavres. « *Otez donc ce spectacle de devant mes yeux*, » dit Buonaparte en mettant pied à terre.

Pour exécuter cet ordre, un grand nombre de fourgons, destinés à recevoir ordinairement chacun *six* blessés, arrivèrent aussitôt. On eut la cruauté d'y en jeter jusqu'à *vingt*, les uns sur les autres, morts ou vivans, sans distinction. Ce n'est pas tout; pour étouffer les cris, les hurlemens, *on ferma les fourgons*, qui partirent au galop.

Première Abdication.

Tant de cruautés devoient nécessairement avoir un terme : l'ambition démesurée de ce tyran attira sur la France les forces réunies de toutes les puissances de l'Europe, qui voulurent enfin faire cesser le despotisme affreux du destructeur de l'espèce humaine. Persuadées que le peuple français, première victime de tant de forfaits, gémissoit en secret d'obéir à un tel monstre, elles résolurent de contribuer à sa délivrance. Le résultat de leurs généreux efforts eut tout le succès qu'elles s'étoient promis, et par l'abdication suivante Buonaparte renonça au trône qu'il avoit usurpé :

« Les puissances alliées ayant pro-
» clamé que *l'empereur Napoléon*
» étoit le seul obstacle au rétablis-
» sement de la paix en Europe,
» *l'empereur Napoléon*, fidèle à
» son serment, déclare qu'il renonce,
» pour lui et ses héritiers, aux trô-
» nes de France et d'Italie, et qu'il

» n'est aucun sacrifice personnel, » *même celui de la vie*, qu'il ne » soit prêt à faire à l'intérêt de la » France.

» Fait au palais de Fontainebleau, » le 11 avril 1814.

» *Signé*, NAPOLÉON. »

D'après cette abdication, il lui fut accordé en toute propriété pour le lieu de sa résidence pendant sa vie l'île d'Elbe, située sur les confins de l'Italie, et ce en toute souveraineté; il lui fut en outre accordé un revenu annuel de deux millions de francs, ainsi que la conservation de son titre et de son rang. Pouvoit-on se venger plus noblement d'un homme qui avoit porté si long-temps chez les puissances alliées tous les désastres de la guerre?...

La France sortie, pour ainsi dire, de ses ruines, commençoit à respirer sous le règne paternel de son légitime souverain Louis XVIII, et dix mois d'un bonheur continu faisoient assez connoître ce que l'on avoit à espérer par la suite, lorsque les plaies de l'état seroient totalement cicatrisées. Les puissances alliées étoient rentrées dans leur patrie, se félicitoient d'avoir contribué, par une paix durable, à la tranquillité générale de l'Europe, et ne se doutoient pas qu'elles seroient encore une fois obligées de reprendre les armes pour en chasser un homme que ni la foi des sermens, ni les sentimens de l'honneur, ne purent retenir dans la retraite qui lui avoit été accordée. Du haut de son rocher, Buonaparte conspiroit encore sourdement contre la France, et, le 5 mars 1815, on le vit aborder sur les rives d'un pays où il avoit laissé tant de tristes et si cruels souvenirs.... Secondé par une vile populace et par des généraux parjures, il usurpa une seconde fois un trône qu'il avoit déjà souillé par tant de crimes, et força le meilleur des rois et son auguste famille à chercher encore une retraite dans les pays étrangers. A la nouvelle de cet horrible attentat, la France entière frémit de retomber sous le joug de fer d'un homme qui ramenoit à sa suite tous les fléaux destructeurs de l'humanité; chacun gémissoit en secret du sort infortuné d'un prince dont on avoit en si peu de temps apprécié toutes les vertus:

tous les vœux se reportoient sur Louis XVIII, et toutes les craintes sur Buonaparte. Ce dernier, aidé de ses infâmes affidés, mettoit en usage ce que la calomnie a de plus atroce et le mensonge de plus grossier, pour anéantir l'intérêt que l'on portoit à une famille trop long-temps méconnue ; mais, au contraire, de telles ruses ne servoient qu'à l'exciter encore.

Un cri d'indignation avoit retenti dans toute l'Europe, et les puissances reprirent les armes pour chasser de nouveau l'usurpateur. Bientôt leurs innombrables phalanges parurent sur nos frontières ; Buonaparte, qui étoit parvenu à inspirer un enthousiasme digne d'une plus juste cause, voulut opposer une digue au torrent qu'il voyoit près de fondre sur lui. Il rassembla, de son côté, une armée considérable, composée de braves, séduits par un faux prestige de gloire et par les promesses fallacieuses d'un homme qui avoit tant de fois abusé de leur bravoure et de leur crédulité. Le succès vint couronner sa première bataille. Enhardi par ce triomphe momentané, il crut qu'il pourroit fixer la victoire; mais la bataille de Mont-Saint-Jean, qui fut glorieuse pour nos armées, et pourtant si funeste, vint pour jamais lui ravir toutes ses espérances. Après des prodiges incalculables de valeur, la déroute se mit dans les rangs, et la témérité présomptueuse de son chef anéantit en un instant une des plus belles armées dont se soit enorgueillie la France. Ainsi tant de braves, dignes d'un meilleur sort, trouvèrent la mort sur un champ de bataille qui auroit de nouveau illustré leurs armes, si Buonaparte, enivré d'un sot orgueil et d'une fausse présomption, n'eût pas rejeté les sages avis de ses généraux. Loin de chercher à rallier une armée qui s'étoit si courageusement défendue, Buonaparte eut la lâcheté de venir le premier dans la capitale annoncer sa défaite. Pénétrée de l'horreur que lui inspiroit une telle conduite, et gémissant sur la perte de tant de Français, la Chambre des soi-disant Représentans du peuple, qu'il étoit parvenu à créer, le força à donner son abdication, pour la seconde fois, d'un pouvoir qu'il avoit si indignement usurpé. Les puissances alliées, poursuivant leur victoire, arrivèrent bientôt aux portes de la capitale, dont une honorable capitulation leur ouvrit l'entrée. Enfin, après trois mois d'oppression, de proscriptions en tout genre, les Français revirent le prince chéri, dont la bonté paternelle et les soins constans pouvoient seuls cicatriser tous les maux que l'usurpateur avoit ramenés à sa suite. Aussi lâche dans l'adversité, qu'insolent dans la prospérité, Buonaparte, pour conserver ses jours, a cru devoir implorer la loyauté du peuple anglais, en se mettant entre ses mains, et en préférant traîner une vie ignominieuse, qu'il ne doit qu'au mépris qu'a pour lui la nation généreuse qu'il a calomniée tant de fois si indignement. Que ne périssoit-il glorieusement sur le champ de bataille !....

Son oppression.

A qui dut-on tous les maux qui accablèrent la France? A un seul homme.... à Buonaparte. C'est lui qui, chaque année, par la conscription, décimoit les familles. Quel est le Français qui n'ait perdu un fils, un frère, des parens ou des amis? Pour qui tous ces braves sont-ils morts? Pour lui seul, et non pour la patrie. Pour quelle cause? Ils ont été immolés uniquement à la démence de laisser après lui le souvenir du plus épouvantable oppresseur qui ait pesé sur l'espèce humaine... C'est lui qui, au lieu de quatre cents millions que la France payoit sous ses bons et anciens rois pour être libre, heureuse et tranquille, l'a surchargée de plus de quinze cents millions, auxquels il menaçoit d'ajouter encore. C'est lui qui a fermé les mers des deux mondes, qui a tari toutes les sources de l'industrie nationale, arraché à la culture les cultivateurs, et les ouvriers aux manufactures. A lui nous dûmes la haine de tous les peuples sans l'avoir méritée, puisque, comme eux, nous fûmes les malheureuses victimes, bien plus que les volontaires instrumens de sa rage. N'est-ce pas lui aussi qui, violant ce que les hommes ont de plus sacré, a retenu captif le vénérable chef de la religion ; a privé de ses états, par une détestable perfidie, un roi son allié, et livré à la dévastation la nation espagnole, notre antique et toujours fidèle amie ?... N'est-ce pas lui encore qui, ennemi de ses propres sujets, long-temps trompés par lui, après avoir refusé une paix honorable, a donné l'ordre parricide d'exposer inutilement la garde nationale pour la défense impossible de la capitale, sur laquelle il appeloit ainsi toutes les vengeances de l'ennemi ?... N'est-ce pas lui enfin qui, redoutant par-dessus tout la vérité, a chassé outrageusement, à la face de l'Europe, les législateurs, parce qu'une fois ils ont tenté de la lui dire avec autant d'énergie que de dignité ?...

N'a-t-il pas offert l'effroyable tableau du vaste continent couvert des ossemens confondus de Français et de peuples qui n'avoient rien à se demander les uns aux autres, qui ne se haïssoient pas, que les distances affranchissoient des querelles, et qu'il n'a précipités dans la guerre, que pour remplir la terre du bruit de son nom?...

Quel bien ont fait ses victoires? La haine des peuples, les larmes des familles, le célibat forcé des filles, la ruine de toutes les fortunes, le veuvage prématuré des épouses, le désespoir des pères et dés mères, à qui d'une nombreuse postérité il ne restoit plus la main d'un enfant pour leur fermer les yeux.... Voilà ce que produisirent ces victoires si vantées. Ce sont elles qui amenèrent jusque dans la capitale, toujours restée vierge sous la paternelle administration de nos rois, les étrangers, dont la généreuse protection commanda la reconnoissance, lorsqu'il eût été si doux de leur offrir une alliance désintéressée.

Il n'est pas un Français qui, dans le secret de son cœur, pas un qui, dans ses plus intimes communications, n'ait formé le vœu de voir arriver un terme à tant de cruautés.

Qualités distinctives de Bonaparte.

Le ciel peut avoir accordé à Buonaparte une grande habileté militaire, mais sans éclat de bravoure personnelle; une activité prodigieuse, mais sans but; une volonté indomptable, mais sans discernement. Ni les faveurs les plus inouies de la fortune, ni les plus terribles leçons du malheur, ni les conseils d'hommes éclairés qui vouloient lui montrer la véritable gloire, ni le dévouement de tous ses guerriers, rien ne pouvoit adoucir le caractère du soldat corse, rectifier son esprit faux, élever son âme corrompue.

Etoit-il Français celui qui fut toujours insultant pour les femmes, qui les railloit avec rudesse sur le déclin de leur beauté ; celui qui n'avoit jamais rien donné qu'avec l'intention d'avilir ; celui qui abusoit lâchement de sa puissance pour adresser, du milieu de sa cour, des paroles infamantes à un administrateur modéré, à un juge intègre, à un brave militaire; qui insultoit, jusque dans son camp, des guerriers admirés de toute l'Europe?

Quel caractère sauvage dans sa prétendue grandeur! Quelle gaucherie dans sa magnificence!...

Enfin, révolutionnaire par tempérament, conquérant par subornation, injuste par instinct, outrageux dans la victoire, mercenaire dans sa protection, spoliateur inexorable, aussi terrible par ses artifices que par ses armes; déshonorant la victoire par l'abus réfléchi de la foi publique, couronnant l'immoralité du manteau de la philosophie, couvrant l'oppression du chapeau de la liberté, il portoit d'une main la torche d'Erostrate, et de l'autre le glaive de Genseric. Enfin cet homme à qui le rang suprême auquel il étoit parvenu, avoit tourné la tête, étoit, dans la prospérité, un insolent au-dessus de toute expression. Le trait suivant en est la preuve.

L'armistice convenu entre l'Empereur d'Allemagne et Buonaparte lui fut arraché par des menaces.

Immédiatement après la bataille d'Austerlitz, Buonaparte demanda une entrevue à ses deux frères impériaux, François et Alexandre : le dernier s'en excusa ; mais le premier ne sut pas refuser. Lorsqu'il fut introduit près de Bonaparte, celui-ci lui adressa le langage suivant :

« J'attends de vous, mon frère,

que vous signiez sur-le-champ un armistice. Je me f..... de mon frère Alexandre; il peut faire un arrangement avec moi, s'il le veut; mais cela m'est égal : je me moque de lui et de ses cosaques; et si vous ne faites pas ce que je désire, je vais expédier sur-le-champ un courier à Vienne, avec l'ordre de raser cette ville. Je sais fort bien que demain l'intention de mon frère Alexandre est de m'attaquer, mais peu m'importe. Vainqueur ou vaincu, je m'en vais donner les ordres d'exécuter ce que je viens de vous dire, non-seulement pour Vienne, mais pour toutes les villes dans vos états où se trouvent mes armées. »

Il est aisé de deviner l'effet que

produisit cette menace barbare sur l'âme de François II, humilié et abattu. L'armistice fut signé sur-le-champ, et fut suivi de la paix de Presbourg.

FAITS PARTICULIERS.

L'irritabilité et la violence de son caractère sont au delà de tout ce qu'on peut dire. Il brisoit tout ce qui se trouvoit sous sa main; il donnoit des coups de pied à ceux qui se trouvoient près de lui. Il couroit dans la chambre en jurant comme un enfant furieux. Son expression favorite étoit : *Je le veux*. Souvent il disoit : « Il n'y a rien dans mon caractère qui me plaise autant que mon inflexible sévérité. Sachez, disoit-il, que tout m'est permis. »

Dans ses momens lucides, sans être de mauvaise humeur et pour s'amuser, il pinçoit Joséphine, au point que l'impression de ses doigts restoit pendant plusieurs jours.

=

Vain de sa petite personne, il aimoit à se montrer en public; mais la conscience de ses crimes faisoit qu'il s'environnoit toujours de ses gardes. Il est impossible de donner une idée de la peur qu'il avoit d'être assassiné, et l'anecdote suivante en est la preuve. Une des plus fameuses marchandes de modes de Paris reçut ordre à minuit de se rendre aux Tuileries avec des dominos pour l'impératrice et la reine de Hollande, qui alloient au bal masqué. Dans un corridor assez obscur, elle fut rencontrée par Buonaparte, qui ne la reconnut pas. Il fut si fort alarmé, qu'il cria qu'on apportât des lumières, qu'on fît venir ses gardes, etc. Il s'évanouit et, dans sa rage, ordonna que cette femme fût envoyée en prison pour six mois. Heureusement j'en ai été quitte pour la peur, se prit-il à dire ensuite.

═══

Il n'a point de religion; mais il est très-superstitieux. Il croyoit plus aux diseuses de bonne aventure qu'à l'Evangile. Il se fit tirer les cartes plusieurs fois, depuis son avénement au trône, par une femme renommée dans Paris pour cet art mensonger.

═══

Comme l'empereur Maximilien, il se défaisoit de ceux qui l'avoient connu dans la misère, et la plus mauvaise recommandation auprès de lui étoit de lui rappeler qu'on l'avoit connu autrefois. Il fit supporter sa disgrâce à trois de ses compatriotes qui avoient été ses camarades d'école, et qui lui avoient rappelé leur ancienne liaison ; et il exila à l'île de Rhé deux de ses cousins, dont le seul crime fut de l'avoir appelé cousin.

═══

Il avoit des goûts qui se trouvent rarement réunis dans le même homme : il étoit dissolu avec les femmes, et il se montra adonné au vice dont on a faussement accusé Socrate.

═══

Sans respect pour la décence, l'inceste même ne lui paroissoit pas devoir être déguisé : il vécut publiquement avec ses deux sœurs, qui ne s'en cachoient pas.

═══

Une Irlandaise, veuve d'un banquier qui avoit fait faillite, avoit une fille fort belle : Buonaparte la vit, et la fit nommer lectrice de l'impératrice. Mademoiselle *** accompagna la famille impériale à Baïonne quand Buonaparte y alla pour y attirer la famille royale d'Espagne. Du moment que le monstre eut séduit cette jeune fille et assouvi ses désirs, il renvoya sa victime à Paris sans un écu.

═══

Il y a quelques années qu'une actrice célèbre de la capitale passa la nuit avec lui au château de Saint-Cloud. Le héros eut une attaque d'épilepsie. L'actrice sonna, appela à grands cris du secours. Toutes les personnes de service et la bonne Joséphine accoururent : quand le tyran recouvra l'usage de ses sens, la première question qu'il fit fut comment l'impératrice et les gens de service se trouvoient dans son appartement : quand il sut qu'elles étoient venues aux cris de l'actrice, il se précipita sur elle, la battit outrageusement, et la jeta à la porte à demi nue... Le lendemain, elle eut ordre de quitter Paris ; et elle partit pour les pays étrangers.

Un conseiller d'état représentant un jour à Buonaparte que la modicité de son revenu ne lui permettoit pas de vivre magnifiquement : Eh bien! lui répondit celui-ci, faites des dettes, vos créanciers seront intéressés à soutenir mon gouvernement.

═

Au moment où Buonaparte entroit à Berlin avec son armée, il rencontra la malle de Hambourg, qui partoit ; il la fit arrêter et ouvrir le paquet. On y trouva quantité de traites tirées par des maisons de Berlin sur leurs correspondans à Hambourg. Ces traites y furent envoyées, et les négocians sur lesquels elles étoient tirées furent forcés de les payer, quoiqu'elles ne fussent ni acceptées ni régulièrement endossées.

Lors du procès de Moreau, le grand-juge, qui faisoit régulièrement son rapport à Buonaparte de ce qui se passoit à la cour criminelle, fut, à ce qu'il paroît, trompé par l'agent qu'il employoit pour lui rendre compte, heure par heure, de ce qui s'y passoit. On dit au grand-juge que le discours qu'avoit prononcé le général Moreau étoit assez mauvais et plus propre à faire tort à ce général qu'à le servir. Là-dessus, le grand-juge ordonna que le discours fût imprimé et distribué. Il alla ensuite à Saint-Cloud, et rendit compte à Buonaparte de ce discours et des ordres qu'il avoit donnés pour son impression. Cependant Murat, qui avoit été présent au tribunal, arriva à Saint-Cloud, et fit part, à son tour, de ce qu'il avoit vu et entendu, ajoutant qu'il ne concevoit pas comment le grand-juge pouvoit permettre qu'on imprimât un tel discours, qu'il montra tel que les écrivains sténographes l'avoient recueilli. Aussitôt l'empereur tomba sur son grand-juge et le battit cruellement. On l'ôta de la présence du tyran, qui, sans cette précaution, l'eût tué. Un témoin oculaire de cette scène rapporte que le grand-juge, étendu sur un sopha, se laissoit assommer comme un esclave, sans faire la moindre résistance; et lorsqu'on l'emmena dans l'antichambre, il étoit baigné dans son sang, et sa robe étoit déchirée.

Deux autres preuves de la violence du caractère de Buonaparte viennent à l'appui de celle que je viens de citer. Lorsqu'il alla en Italie pour se faire couronner, il voulut que la Banque lui avançât de l'argent. M. Perrégaux, qui étoit à la tête de cet établissement, lui représenta qu'il étoit impossible que la Banque fît aucune avance. Là-dessus, Buonaparte entra dans la plus grande fureur, en disant : Vous êtes tous des f... gueux, et il lui jeta un chandelier à la tête. M. Perrégaux rentra chez lui fort malade, et ce traitement qu'il avoit essuyé devant une douzaine de personnes lui tint tellement à cœur, qu'il perdit la tête et mourut fou.

═

Etant à Baïonne en mai 1808, le général Andréossi lui envoya un courrier. Ce courrier étoit un peu en retard ; ce qui mit l'autocrate dans une telle fureur, qu'il le renversa d'un coup de poing et le battit cruellement : on emporta le pauvre diable presque sans sentiment.

═

Buonaparte avoit voulu que l'on donnât sur son théâtre particulier une représentation d'Agamemnon de M. Lemercier. Lorsqu'elle fut finie, il dit à l'auteur : Votre pièce ne vaut rien : de quel droit votre Strophus (personnage de la tragédie) fait-il des remontrances à Clitemnestre ? Ce n'est qu'un valet. — Non, sire, osa répondre M. Lemercier ; ce n'est point un valet, c'est un roi détrôné, ami d'Agamemnon. — Vous ne connoissez donc guère les cours ? A la cour, le monarque est quelque chose, les autres ne sont que des valets. C'est en présence de ses ministres et de ses grands officiers qu'il parloit ainsi.

═══

On se tue par amour, disoit Buonaparte, *sottise ;* on se tue pour avoir perdu sa fortune, *lâcheté ;* on se tue pour ne pas vivre déshonoré, *foiblesse :* mais survivre à la perte d'un empire, aux outrages de ses contemporains, voilà le vrai courage.

Il avoit une manie singulière. Il aimoit à dire la bonne aventure (ou la mauvaise). Dans un divertissement de société, il reçut cette tâche pour pénitence. Le général Hoche étoit un des convives. Parvenu à lui, il lui prend la main, la considère, comprime un mouvement de surprise avec assez d'affectation pour le laisser apercevoir, laisse tomber la main du général avec une sorte d'indifférence, et passe à son voisin. Hoche demande raison de ce silence. Vous vous moquez, repart Buonaparte, je n'ai rien à vous dire; et son regard annonçoit tout le contraire. Hoche se pique au jeu et insiste. Buonaparte se défend foiblement, et allègue que l'on s'est quelquefois repenti d'une mauvaise plaisanterie. Le général, avec une sorte d'inquiétude, exige impérativement le mot de cette énigme. C'est vous qui le voulez, répond Buonaparte en jouant l'inspiré : eh bien ! sachez que si les règles de la chiromancie sont vraies, vos jours sont comptés et vous mourrez avant telle époque.» Hoche ne put s'empêcher de laisser apercevoir quelque trouble : on en fit des reproches au prétendu nécromant, qui vint lui dire en riant de ne point s'occuper du conte qu'il lui avoit fait, qu'il n'avoit voulu qu'éprouver jusqu'à quel point l'imagination pouvoit agir sur l'âme d'un brave. Hoche mourut précisément au temps marqué. Le hasard s'entendoit-il avec Buonaparte pour réaliser cette prédiction ?

═══

Lucien ayant osé condamner le meurtre du duc d'Enghien et la conduite de son frère envers le général Moreau, reçut de Regnier, alors ministre de la police, l'ordre de quitter Paris dans vingt-quatre heures et la France en huit jours. Cet ordre lui enjoignoit d'emmener toute sa famille avec lui.

═══

Peu de temps après que Buonaparte se fut déclaré empereur, un chef de voleurs en Italie, Fra Diavolo, prit le titre d'empereur des Alpes et de roi de Marengo.

Après le combat de Wagram, Buonaparte parcouroit le champ de bataille, et le voyant couvert de morts, il s'écria sans montrer la moindre sensibilité : *Voilà une grande consommation*.... Le monstre!

Il avoit coutume de dire que les hommes étoient pour le souverain ce que les pions sont pour le jöueur d'échecs. On les place suivant les chances de la partie, on les jette quand on n'en a plus besoin.

Dans le temps de la campagne d'Italie, et lors de la suspension des hostilités, le Saint-Père fut imposé à une somme considérable, dont Buonaparte demanda le versement dans les vingt-quatre heures. S. S. sollicita vainement un délai de quelques jours pour se procurer la somme exigée. Buonaparte demanda qu'on lui remît en nantissement les diamans du Saint-Siége, qu'il devoit rendre dans trois mois et lorsqu'il auroit reçu le montant de la contribution militaire; mais, sans attendre l'expiration de ce délai, il envoya un de ses affidés à Gênes pour vendre les diamans.

Un magistrat donnoit devant lui des signes d'attendrissement sur les malheurs du peuple. Un homme d'état, lui répondit Buonaparte, doit avoir son cœur dans sa tête.

En arrivant à l'armée d'Italie, il fit fusiller de sa propre autorité, à l'occasion d'une distribution de pain qui avoit manqué, un garde-magasin accusé de dilapidations imaginaires. A cette époque, on osoit encore lui parler. Quelqu'un lui demanda pourquoi il commettoit une pareille violence : « C'est un petit sacrifice, dit-il ; d'ailleurs ne faut-il pas que le soldat croie que nous nous occupons de son sort ? »

Un journal russe, d'après des renseignemens officiels donnés par le gouvernement, évalua la perte des Français et de leurs alliés dans son invasion en Russie : en morts, 24 généraux, 2,000 colonels et autres officiers, 204,400 soldats; en prisonniers, 43 généraux, 3,441 colonels et autres officiers, 233,000 soldats. L'armée française perdit 951 pièces de canon, 63 drapeaux et étendards, environ 100,000 fusils, et 27,000 voitures de bagages.... et tout cela pour l'ambition d'un seul homme. D'après un pareil tableau, comment peut-il se trouver encore des Français assez aveugles pour le regretter?

═

Sa maxime favorite étoit: « Je suis maître de tout, le dernier homme et le dernier écu m'appartiennent. »

═

Un maréchal aussi recommandable par sa franchise que par sa loyauté et sa réputation militaire, lui dit un jour qu'il s'amusoit à promener ses doigts sur les touches d'un piano, malgré qu'il ne sût nullement en toucher : « Si votre Ma-
» jesté continue, Sire, on va dire
» bientôt autour de vous que vous
» êtes un *virtuose.* » Ce militaire trop sincère vouloit, par cette remarque fine, donner à Buonaparte une idée de la bassesse de ses adulateurs, qui saisissoient l'occasion d'une flagornerie dans les circonstances qui y étoient le moins propres.

═

Très-souvent aux armées, des

cadavres mutilés d'hommes, d'animaux, obstruoient les avenues et même l'escalier du château où le fourrier général avoit logé *sa majesté ;* mais les courtisans, loin d'y voir des objets hideux qui accusoient le tyran de cruauté, de manque de respect humain, attribuoient ces horribles calamités aux malheurs inséparables de la guerre, et, palliant ainsi les fureurs insensées de leur *empereur malgré nous*, rejetoient sur la nature et le théâtre des combats l'horreur d'un spectacle dont Buonaparte étoit le seul et le criminel artisan.

═

Pourquoi n'es-tu pas à ton régiment, disoit brusquement Buonaparte à un gendarme d'élite, le lendemain de la bataille d'Eylau ?... Le brave gendarme, étendu sur la neige, pour toute réponse le regardant d'un œil sévère et accusateur, ouvrit son manteau : il avoit les deux jambes emportées d'un coup de boulet. Pantomime sublime, qui couvrit ce cruel souverain de la honte d'avoir osé faire des reproches durs à un militaire mutilé par le fait de ses guerres injustes.

Parmi les moyens que Buonaparte employoit pour avoir des soldats, on remarquera surtout celui-ci, qui étoit d'ordonner la fermeture des ateliers. Les ouvriers, pris ainsi par famine, étoient obligés de s'enrôler et d'abandonner leur famille.

═

« Je ne sais, disoit-il, comment finira ce drame; mais, si je succombe, on saura ce que coûte la chute d'un grand homme. » Sans doute qu'il avoit le projet de s'ensevelir sous les ruines fumantes de la France.

═

Buonaparte disoit dans un de ses bulletins que « Huit cents bouches à feu vomissant la mort de toutes parts offroient un *spectacle admirable.* » Il se plaisoit sur le champ de bataille d'Eylau, à la vue du reflet que le sang produisoit sur la neige. Il écrivoit à un commandant de place :

« Les bombes brûlent une ville, écrasent les vieillards, les femmes, les enfans, mais elles ne font pas sourciller un homme de cœur. » Il alloit jusqu'à dire à ses soldats : « Ne prenez pas garde aux blessés. » Telle étoit l'humanité de ce cruel despote.

═

Il m'importe peu, disoit-il, de régner sur les Français, pourvu que je règne sur la France.

═

A Smolensko, il ordonna que l'on fît sauter les murs. On lui représenta que douze mille malades couchés près de ces murs pourroient en souffrir, il répondit froidement : Que m'importe ?.... et ils périrent.

═

Un jour, on faisoit devant Buonaparte, lorsqu'il étoit encore jeune, l'éloge du vicomte de Turenne : une personne répliqua : Oui, c'étoit un grand homme ; mais je l'aimerois mieux s'il n'eût point brûlé le Palatinat. — Qu'importe ? reprit vivement Buonaparte, si cet incendie étoit nécessaire à sa gloire.

═══

Il y a en France, disoit-il, quelques personnes heureuses, qui vivent dans leurs terres avec trente et quarante mille livres de rentes, je saurai bien les atteindre.

═══

Comme on lui observoit que le peuple étoit trop surchargé d'impôts, il répondit : Tant mieux ; il faut toujours charger le baudet pour qu'il ne rue pas.

═

Comme on a tant parlé de la bravoure personnelle de Bonaparte, je vais terminer cet ouvrage par l'ordre du jour suivant. Que ses admirateurs apprécient cette pièce officielle.

Au bivouac, le 10 frimaire.

« Soldats,

» L'armée russe se présente devant vous pour venger l'armée autrichienne d'Ulm. Ce sont ces mêmes bataillons que nous avons battus à Hollebrun, et que depuis vous avez constamment poursuivis jusqu'ici.

» Les positions que nous occupons sont formidables, et pendant qu'ils marcheront pour tourner ma droite, ils me présenteront le flanc.

» Soldats, je dirigerai moi-même tous vos bataillons. *Je me tiendrai loin du feu*, si, avec votre bravoure accoutumée, vous portez le désordre et la confusion dans les rangs ennemis ; mais si la victoire étoit un moment incertaine, vous verriez votre empereur s'exposer aux premiers coups : car la victoire ne sauroit hésiter dans cette journée surtout, où il y va de l'honneur de l'infanterie française, qui importe tant à l'honneur de toute la nation.

» *Que, sous prétexte d'emmener les blessés, on ne dégarnisse pas les rangs*, et que chacun soit bien pénétré de cette pensée, qu'il faut vaincre ces stipendiés d'Angleterre, qui sont animés d'une aussi grande haine contre notre nation.

» Cette victoire finira notre campagne, et nous pourrons reprendre nos quartiers d'hiver, où nous serons joints par les nouvelles armées qui se forment en France; et alors la paix que je ferai sera digne de mon peuple, de vous et de moi.

» *Signé*, NAPOLÉON.

» Par ordre,
» Le major général de l'armée,
» maréchal BERTHIER. »

Il est bien évident que lorsqu'un commandant dit *je me tiendrai loin du feu*, il annonce très-clairement qu'il n'a pas l'intention de s'exposer à aucun danger personnel. Mais il y a un autre passage dans cet ordre du jour, qui prouve que Buonaparte regarde toutes les horreurs et toutes les calamités de la guerre comme des bagatelles lorsqu'il s'agit d'atteindre son but. *Que, sous prétexte d'emmener les blessés, on ne dégarnisse pas les rangs:* ceci veut dire, en termes très-clairs, qu'il ne faut pas ouvrir les rangs, mais que les soldats doivent les serrer, en foulant aux pieds les corps de leurs camarades morts et blessés. Que tout militaire dise s'il a jamais vu ou entendu parler d'un ordre semblable dans les temps modernes?

Peu de personnes connoissent,

nous le croyons du moins, le trait que nous allons raconter.

Une jeune et charmante actrice du théâtre.... qu'un plus long éloge de sa beauté et de ses grâces déceleroit ici, plut à Buonaparte dans un de ses rôles les plus brillans. Ce sultan impérieux, aussitôt de lui jeter le mouchoir : *L'ami du prince*, qui portoit alors le caducée et *étoit de semaine*, fut chargé de la mission *honorable* d'annoncer à l'actrice sa bonne fortune, et le bonheur qu'elle avoit eu de plaire alors au premier (*et maintenant au dernier*) homme du monde. Sans doute ce choix glorieux, fait au milieu de toutes ses compagnes, la flattoit infiniment, abstraction faite même de toutes les spéculations de l'amour-propre, de l'orgueil et de la vanité (nous nous garderons bien de parler ici de celles de l'amour ou du plaisir); à part, disons-nous, les petites jouissances de la coquetterie, cet éclair de félicité arrivé, comme la foudre de la part de notre *Jupiter histrion*, l'avoit éblouie; et, nouvelle Danaë, elle voyoit déjà les torrens d'une pluie d'or tomber sur son sein ému, non pas de volupté, mais d'espérance et d'ambition.... Cependant un obstacle qui parut, sinon invincible, du moins de la plus grande importance, vint bientôt troubler les rêves ambitieux de notre héroïne de coulisses. Qu'étoit-ce enfin? car nos lecteurs nous reprochent déjà notre lenteur à leur faire part de cette particularité. Notre *jeune première* étoit richement entretenue par un personnage aussi respectable qu'aimable et puissant : il falloit conséquemment lui faire de suite part du contenu du message du mercure galant de Buonaparte. Ce message, par écrit comme de vive voix, méritoit, ou plutôt prévenoit, sans beaucoup de phrases de préambule, la beauté qui avoit su plaire *à une majesté comme il n'y en avoit pas, qu'elle eût à se rendre à Saint-Cloud dans les petits appartemens; des confidentes discrètes et dévouées, pourvues d'instructions, devoient la recevoir et l'introduire vers la couche impériale, sur les neuf heures du soir.* Quel coup de foudre pour l'ami du cœur !... Quelle rivalité !. s'écria-t-il.

La mort ou la honte, voilà le choix qu'il falloit faire ; opter entre la disgrâce d'un maître absolu qui n'avoit jamais su pardonner la plus légère résistance à ses ordres implacables, ou bien céder à un être odieux les charmes d'une maîtresse adorée... Il fallut cependant, après bien des hésitations, de douloureuses étreintes et de plus douloureux regrets, que les pleurs de la jalousie et du dépit accompagnèrent ; il fut enfin arrêté entre un amant et son amante, *après s'être toutefois bien dédommagés*, cette décision bizarre, de livrer des faveurs réservées seulement jusqu'alors au plus tendre des amans.... L'actrice partit donc pour Saint-Cloud, résignée d'avance *à tout*, et portant au chef de l'empire les prémices *fort rares* d'une virginité de quelques heures... Des femmes la reçurent en sa qualité de sultane favorite, avec tous les égards dus à son rang de concubine d'une majesté : aussitôt un Mercure en second alla prévenir Buonaparte «*que la personne mandée étoit là...*» Mais, ô contre-temps cruel! des courriers arrivés des quatre points cardinaux de l'Europe, sur ces entrefaites, avoient apporté dans leurs dépêches de bonnes ou mauvaises nouvelles : plusieurs de ces dépêches étoient de la dernière importance, et le moindre retard dans l'expédition des objets qu'elles traitoient, pouvoit compromettre le sort d'un empire ou d'une armée.... Buonaparte, placé entre les hochets de l'ambition et les flambeaux déjà allumés de l'amour, pouvoit-il hésiter un moment?... Il laissa ces derniers s'éteindre, se consumer, c'est-à-dire qu'il oublia l'objet charmant qui l'avoit un moment préoccupé dans sa loge; et tout entier aux affaires, après avoir mandé ses ministres, qui accoururent de Paris, on se mit à travailler avec ardeur, et à régler le sort funeste des armées et des nations; je dis régler, je devrois plutôt me servir d'une expression beaucoup plus juste, et dire que Buonaparte se mit à faire *la part de la mort* dans ses opérations meurtrières; car chaque coup de plume de sa main cruelle ne donnoit-il pas aussitôt cours à quelque ruisseau de sang?... Mais revenons à notre belle comédienne. Buonaparte répondit brusquement au message, et sans prendre le soin de parler bas : « *qu'on la déshabille et qu'on la couche.* » Fort bien. Notre sultane favorite, *déshabillée et couchée*, attendoit impatiemment l'arrivée de son royal amant, et, piquée avec raison d'un défaut d'attention et de prévenance aussi humiliant pour son amour-propre, elle ne concevoit pas que ses charmes pussent être oubliés à ce point de dédain, elle qui étoit, lorsqu'elle paroissoit sur la scène, l'idole de tous les spectateurs... — Enfin, ennuyée, mortifiée d'un procédé aussi odieux, elle s'enhardit à envoyer un second, puis un troisième message. (Il étoit alors trois heures du matin.) Buonaparte travailloit toujours avec ardeur avec ses ministres, et fatigué bientôt des importunités de tant de courriers d'amour de la part de notre héroïne, il se mit à dire : « *qu'elle s'habille et qu'on la reconduise à Paris...* » Ainsi, au lieu de jouir des faveurs les plus précieuses que l'amour et le plaisir lui offroient dans une femme charmante, aussi aimable par l'enjouement et les grâces de son esprit, que rare par sa beauté et les perfections de sa taille enchanteresse ; au lieu, dis-je, de payer en homme délicat un juste hommage aux attraits d'un sexe dont il ne fut jamais digne, et qu'il eut souvent, comme nous l'avons déjà dit, l'impudence de mépriser hautement, il donna la préférence au travail de ses conceptions malfaisantes et ambitieuses... Peut-être cette nuit, qui dans le principe devoit être, suivant le projet de Buonaparte, consacrée au plaisir, mais qui fut entièrement employée aux opérations du cabinet, coûta-t-elle à l'Europe et à nos armées la vie de mille et mille braves. Il fallut donc que notre charmante actrice sortît d'une couche dans laquelle ses appas négligés devoient être le prix d'un homme plus fait pour en connoître toute la valeur : elle s'habilla et partit pour Paris *telle qu'elle étoit venue*, sans que son amant en pied eût lieu de s'affliger de la rivalité d'un souverain indigne des faveurs de l'amour.

Nous n'osons pas ici pénétrer dans les sentimens de notre belle actrice et l'interroger sur le dépit qu'elle conçut peut-être de la conduite outrageuse de Buonaparte ; car il faut convenir d'un fait, et puisqu'elle s'étoit résignée à un sacrifice inévitable, son protecteur, pénétré de la délicatesse de sa position, ayant judicieusement préféré *le partage momentané* de son bonheur au péril d'une disgrâce souvent suivie de l'exil, de la mort et de tous les accessoires funestes qui accompagnoient les vengeances de *Napoléon ;* notre intéressante héroïne de théâtre eut donc sujet, dis-je, d'être humiliée de voir sa beauté dédaignée, après avoir passé par-dessus une foule de convenances, pour ne pas encourir la colère d'un despote très-puissant alors. Ainsi finit cette histoire galante, dans laquelle on voit une beauté faire, malgré elle il est vrai et par crainte, toutes les premières démarches, et sortir vierge d'un lit qui, pour un homme digne de le partager avec elle, devoit être le théâtre des plus tendres caresses, comme des plus doux transports.

═

Deux frères s'étoient engagés dans une compagnie de vélites lors des préparatifs de la campagne désastreuse de Russie. Presque atteints ensemble par la loi de la conscription, ils préférèrent, en la prévenant, se réserver la faculté d'un avancement rapide, puisque dans les vélites on obtenoit une épaulette au bout d'un an de service; ils furent près l'un de l'autre aux batailles mémorables de Smolensk, de Wilna et de Witeps, et eurent le bonheur d'arriver à Moscou sans que l'un d'eux eût à pleurer la mort ou même sur les blessures de son frère; mais à la retraite, un *houra* les sépara entièrement, et celui qui sut se soustraire aux lances des Cosaques, perdit entièrement ce jour-là l'autre de vue. Quelle affliction pour deux frères qui s'aimoient avec passion, et dont l'attachement n'avoit pu que redoubler par les dangers de toute nature qu'ils avoient partagés ensemble!...Enfin au milieu des marches et contre-marches, des rigueurs mortelles d'un froid excessif et le chagrin d'une séparation qui duroit déjà depuis huit à dix jours, la circonstance la plus cruelle et la plus bizarre à la fois réunit nos deux jeunes gens. Celui qui étoit tombé quelques heures au pouvoir des Cosaques, avoit su s'échapper de leurs mains, couvert des haillons qu'ils lui avoient laissés, ayant les pieds demi nus, entortillés de morceaux de peaux de mouton à demi brûlées par les bivouacs; ardent de rejoindre son frère, il avoit devancé les colonnes fugitives à travers les bois et les neiges. Ravi de ne plus douter qu'il étoit bientôt au sein de l'armée française, puisque des lignes de cadavres qui *jalonnoient* la route de retraite, ne lui apprenoient que trop que l'*empereur* se retiroit sur ces points avec ses corps d'armée, il redoubla donc d'efforts pour rejoindre ses camarades. Cependant la force du froid le surprit à un tel point, qu'il lui fut impossible de continuer sa marche; ses genoux découverts et en suppuration, ses doigts gonflés, ses mains remplies de crevasses, ses pieds ensanglantés, toutes ces douleurs inouies auxquelles se joignoient le tourment de la faim et le désespoir de l'âme, lui firent perdre en un instant tout son courage; et bientôt résigné à un trépas dont il savouroit depuis long-temps les atteintes avant-courrières, il alloit succomber, et faire sur des glaçons et des verglas son lit de mort, lorsqu'il aperçut à peu de distance un cheval tué tout récemment. Des animaux et surtout des hommes avoient déjà pénétré dans le coffre de cet animal, pour en arracher les entrailles et les dévorer, après les avoir étendues quelques minutes sur des charbons. Que fait notre malheureux vélite? O amour de la vie! quel est donc ce charme si puissant qui nous attache à toi au sein même des catastrophes les plus désespérées!!... A la vue de ce cadavre, il ranime son courage abattu, se traîne parmi le givre et la neige vers ce cheval, et imagine d'en faire son asile et son premier refuge contre les âpretés terribles du climat, et à la fois son unique secours contre les horreurs de la faim. Il se glisse donc dans le coffre de ce cheval, s'y réchauffe avec délices des restes de chaleur que le sang et les chairs pentelantes conservoient encore; et pratiquant avec ses dents une ouverture à la poitrine de l'animal, il s'établit dans cette demeure épouvantable, tremblant encore à chaque instant que quelque chien, quelque bête féroce, et même les Cosaques, ne vinssent troubler de nouveau l'horreur de sa retraite, qui lui paroissoit alors un Élysée et un bouclier tutélaire qui l'avoient préservé du coup mortel.

Actif à fourrer ses doigts, ses mains dans des chairs encore palpitantes et tièdes, il parvint à calmer ses vives douleurs; l'objet des remèdes à ses maux devint à la fois celui de sa nourriture. D'une bouche ensanglantée il mange, il ronge autour de sa tête toutes les carnosités qui tapissent l'intérieur de la poitrine de l'animal, et au sein d'un cadavre il sait puiser une nouvelle vie et se restaurer des mets de cet horrible festin... Heureux de pouvoir mépriser les fureurs de l'aquilon, il les brave en quelque sorte dans cette singulière fourrure; mais surtout il craint la visite de quelques soldats affamés, gelés, qui pouvoient venir l'inquiéter dans sa cache, et l'en arracher peut-être pour se mettre à sa place... O bizarrerie inconcevable du sort!... sera-t-il possible de croire qu'une pareille situation pût craindre des jaloux, des envieux!... notre infortuné vélite en craignoit cependant. Bientôt une dyssenterie cruelle, causée par cette nourriture malfaisante, lui fit perdre de nouveau tout espoir de survivre à tant de malheurs cumulés : il essaie donc d'une voix éteinte et mourante quelques cris, et apercevant une certaine quantité de militaires isolés, conduisant un traîneau attelé de deux mauvais cognias (*cognia* en polonois signifie *cheval*) il redouble ses cris, en sortant le plus possible sa tête par l'ouverture qu'il avoit faite à la poitrine du cheval. Un soldat se détache, et, curieux de voir de près un *cheval ventriloque*, veut s'assurer par lui-même si ce n'est pas une illusion..... Mais que devient-il lorsque ce même militaire, qui n'étoit autre que notre premier vélite, reconnoît dans la figure décharnée et les traits livides de notre moribond ceux de son frère !!... Cette scène est impossible à décrire. Il se précipite sur lui et l'embrasse, lui presse la tête avec attendrissement, malgré la position baroque où il se trouvoit, et parvient enfin, à l'aide d'autres de ses camarades, à le sortir de son étui, qui jetoit déjà une odeur détestable, et présentoit dans beaucoup de places des paquets de vers qui fourmilloient sous les membres de notre héros d'infortune, et l'auroient bientôt fait mourir gangrené: il avoit cependant passé deux jours et demi dans cette fatale demeure!... On le porte sur le traîneau dont j'ai parlé déjà, et avec le secours de quelques gouttes de schnapp que son frère avoit eu à force d'or d'un juif de Wilna, il lui rend la connoissance. Ce dernier étoit muni également de quelques poignées de farine dont, au bivouac de la nuit qui avoit précédé, il avoit fait deux galettes avec de la neige fondue : il en restoit une, notre malheureux vélite en dévora les deux tiers, et fut un peu restauré par un repas aussi délicieux pour lui dans une si cruelle situation. Les deux frères s'acheminèrent vers la Pologne ; quelques diamans trouvés à Moscou et cachés dans leurs haillons, leur aidèrent à parvenir jusqu'à Kœnisberg, puis à Berlin, ville dans laquelle ils prirent la diligence, qui les conduisit à bon port à Mayence. Jamais maîtresse, ou mère ne prit plus de soin de son amant, de son fils, que notre sensible vélite en prit de son frère. Je les vis tous deux à Mayence à l'auberge du *Cheval blanc*, s'acheminant vers une heureuse convalescence. Celui qui avoit le plus souffert, devenu alors officier, raconta en pleine table d'hôte toutes les horreurs pour ainsi dire fabuleuses qu'il avoit endurées, et tout le monde voyant encore sur ses traits altérés la vive empreinte du martyre bizarre et des épreuves par lesquelles le sort de la guerre l'avoit fait passer, le regardoit comme une ombre vivante revenant des sombres bords, et racontant, comme un spectre livide, des infortunes essuyées dans un autre monde.

Depuis j'ai perdu de vue ces deux frères intéressans. Peut-être celui pour qui la vie des hommes paroissoit être un poids incommode, Buonaparte, plus meurtrier que le froid de la Russie et la lance des Cosaques, aura frappé nos généreux vélites, en les rejetant de nouveau dans les dangers et les torrens de la campagne de Leipsick, où des divisions tout entières furent noyées par la crue inattendue et prodigieuse des eaux; car telle étoit l'organisation de mort établie sous le règne de ce tyran, que l'homme qui échappoit miraculeusement pendant dix campagnes au trépas qui fondoit sur lui sous toutes sortes de formes, devoit enfin succomber la onzième, par l'effet des expéditions ambitieuses et folles d'un infâme despote, jaloux du repos de ses semblables.

═══

La conduite de Buonaparte envers les grandes puissances sert à expliquer celle qu'il a tenue avec celles d'un ordre inférieur. Elles étoient toutes subordonnées au tyran. L'Espagne, la Hollande, Naples, le Portugal, n'étoient plus aux yeux de Buonaparte que des pays conquis; la Suisse l'étoit de fait. La manière dont il traita le *roi de Suède, Gustave Adolphe*, est le comble des atrocités. Le Comité de salut public, le Directoire même, aucun Dey d'Alger, ne se conduisirent jamais comme Buonaparte se conduisit envers ce prince infortuné.

Buonaparte doit être maintenant assez connu des lecteurs, pour expliquer les causes de son inimitié contre le roi de Suède. Il suffisoit que ce prince fût un souverain indépendant. Il exista cependant des causes particulières de l'inimitié de Buonaparte contre le roi de Suède.

En 1804, le prince William de Gloucester étoit à Stockholm : le roi l'invita à souper, et invita l'ambassadeur d'Angleterre. M. Bourgoing, alors ministre de Buonaparte en Suède, ne fut pas invité. Il eut l'insolence de s'en plaindre comme d'une insulte faite à son gouvernement. Le roi fut indigné, et dit : « Assurément, je suis maître dans ma maison. »

Buonaparte songea dès ce moment à faire de cette circonstance un sujet de querelle. Il n'attendoit qu'une occasion, et profita de cette prétendue insulte pour justifier les horribles mesures qu'il méditoit contre le roi.

Quelque temps après, M. Ehrenschwert, ministre de Suède à Paris, parut au lever du premier consul. Buonaparte lui dit grossièrement : « Comment ! le roi votre maître, une puissance du troisième ordre, que je puis, quand je voudrai, précipiter de son trône, ose-t-il insulter mon ministre comme il l'a fait ? N'ai-je pas donné au roi de Suède des preuves multipliées de mon amitié ? »

Lorsque le duc d'Enghien fut arrêté, le roi de Suède devoit l'être, si son voyage à Etteinheim n'eût pas été différé. Pour prouver que l'ordre en avoit été donné, on va citer l'acte d'accusation qui avoit été préparé à Paris pour être envoyé à Strasbourg, où la première intention de Buonaparte étoit de faire juger le duc. Cet acte renfermoit *littéralement* ces mots : « *Un nommé Gustave, qui se dit roi de Suède*, ayant provoqué le meurtre du premier consul, etc., etc. ».

Après l'arrestation du duc, le roi de Suède écrivit à Buonaparte une lettre dont S. M. chargea son aide de camp, M. Tawart. Buonaparte ne voulut pas le voir, et il eut ordre de quitter Paris dans une heure.

Le roi rappela son ambassadeur, et Buonaparte ordonna à M. *Signeul*, consul général de Suède, de quitter Paris dans une heure, et la France dans trois jours.

Le roi, en qualité de prince de l'Empire germanique, présenta à la Diète de Ratisbonne une note semblable à celle de la Russie. Elle donna lieu à des invectives qu'on inséra dans le *Moniteur* du 14 août 1804, et telles que n'en publia jamais aucun gouvernement.

La première étoit dans la forme d'une adresse au roi de Suède, dans laquelle on le traitoit de *jeune homme* inconsidéré, et on l'accusoit de violer l'hospitalité que lui accordoient son beau-père et son beau-frère, les électeurs de Bade et de Bavière. Elle se terminoit ainsi :

« La France est fort indifférente à toutes vos démarches; elle vous en demande assurément raison, parce qu'elle ne peut confondre une nation loyale et brave, des hommes qui, pendant des siècles ses alliés fidèles, furent appelés à juste titre les Français du Nord; elle ne les confond point avec un jeune homme que de fausses idées égarent, et que la réflexion ne vient pas éclairer.

» Vos nationaux seront toujours bien traités par la France; vos bâtimens de commerce seront bien accueillis par elle (politique insidieuse pour attirer les vaisseaux suédois en France, et les confisquer ensuite, comme on a fait); vos escadres même seront ravitaillées dans ses ports; la France sera toujours prête à porter ses regards sur le véritable intérêt de votre nation.

» Vous avez fait un traité (faisant allusion au traité conclu avec l'Angleterre en 1801) tellement indigne de votre rang, qu'il est en quelque sorte une première abdication de la souveraineté. »

Quelque temps après, on lut dans le *Moniteur* : « Le sang des Suédois n'appartient pas à leur roi, qui se vend à des étrangers. »

Buonaparte, ayant manqué le roi de Suède à Etteinheim, forma un autre plan pour l'arrêter à Munich, capitale des états de son beau-frère. Il chargea de cette honorable mission le corse S***. Heureusement qu'un des secrétaires du ministre bavarois, Montgelas, avertit le roi de Suède de ce qui se tramoit contre lui; et ce prince quitta Munich trois jours avant l'arrivée du général S*** et de ses gendarmes.

Afin d'être parfaitement instruit

de ce qui se passoit à Ratisbonne entre la Prusse et les ministres étrangers qui se trouvoient dans cette ville, il plaça le colonel B*** dans le voisinage, avec ordre d'arrêter tous les courriers et messagers, et d'enlever les malles. Vers ce temps-là on fit des expéditions semblables dans toute l'Allemagne; et des charrettes pleines de porte-manteaux enlevés à différens courriers arrivèrent à Paris, où l'on prit quatre commis pour les traduire.

Ce colonel B*** reçut ordre de S***, avec lequel il étoit en correspondance à cet effet, d'arrêter un colonel prussien qui devoit passer près de Nuremberg, en se rendant de Berlin à Ratisbonne, et de le tuer s'il faisoit la moindre résistance;

ce qui fut fait d'après l'esprit et la lettre des instructions.

Lorsque B*** eut tué le colonel, il le prit dans sa propre voiture, et se rendit en poste à Braunau, où étoit S***. Ce dernier lui demanda s'il avoit les dépêches. « Je le crois bien, dit B***, et mon homme aussi; » et aussitôt il produisit à S*** le corps du colonel comme un trophée. Quatre aides de camp de S*** se trouvoient dans la chambre lorsqu'on y apporta le cadavre : en sorte que cet acte sanguinaire ne put être caché; en outre, B***, qui étoit très-bavard, raconta lui-même l'affaire.

Il paroissoit par ces dépêches que la Saxe traitoit avec l'Autriche, et que le ministre saxon à Paris, le *comte de Bunau*, avoit reçu quelques dépêches de sa cour à ce sujet. La difficulté étoit de s'emparer des papiers du comte, et il devint nécessaire de former quelque plan pour y parvenir.

On découvrit qu'il ne seroit pas aisé d'atteindre ce but; et, après avoir bien délibéré, il fut décidé que le plus court parti étoit de le *faire assassiner*. On envoya chercher le cuisinier du comte, et on lui promit une somme considérable *s'il vouloit empoisonner son maître*. Le pauvre homme dit qu'il avoit bien vécu vingt ans avec le comte; qu'il étoit bon et humain envers ses domestiques, et qu'il aimeroit mieux perdre la vie que de toucher seulement un cheveu de sa tête. L'agent de Buonaparte lui répondit: « Vous aurez cinquante mille francs pour *votre ouvrage ;* si vous refusez la commission, on ne vous laissera pas *en liberté*, et votre maître n'en *périra* pas moins. » Peut-être le cuisinier entendit-il par ces mots que lui-même perdroit la vie.

Cette observation pourra expliquer au lecteur les motifs de cet homme, en devenant par la suite son propre assassin. Son intention étoit d'empêcher le meurtre de son maître en sacrifiant sa propre vie. Il promit d'obéir.

Le lendemain, il entra dans la chambre de son maître, dans un état d'agitation marquée, et lui dit : « Mon bon maître, prenez garde à vous; j'ai écrit toute l'affaire à M. *** ; quant à moi, je suis un grand misérable. » Là-dessus il tira un pistolet et se brûla la cervelle en présence de son maître éperdu. Le ministre qui avoit bien reçu la lettre du cuisinier, se rendit chez le comte, auquel il communiqua les détails qu'elle contenoit.

Le lendemain, les journaux de Paris rendirent le compte suivant de cette affaire.

« Le comte de Bunau, ministre de Saxe, ayant eu une querelle violente avec son cuisinier, ce misérable est entré dans le cabinet de son maître avec deux pistolets : de l'un *il fit feu sur le comte*, mais heureusement le coup ne partit pas ; il tourna l'autre contre lui-même, et tomba sur le coup. »

Malgré la mauvaise tournure que

la chose avoit prise, on ne pouvoit pas reculer ; il falloit que le comte pérît.

On ne savoit pas que le cuisinier avoit communiqué au ministre protestant les détails de son entrevue avec un affidé de Buonaparte, et on espéroit que le public ne les connoîtroit jamais. Le comte de Bunau fut assassiné. Comment et par qui ? On l'ignore ; mais sa mort fut annoncée de la maniere suivante dans le *Moniteur* du 23 janvier 1806.

« Le comte de Bunau, ministre de Saxe à la cour de France, est mort hier. Ce seigneur n'étoit jamais bien revenu de la peur que lui avoit occasionnée la conduite de son cuisinier à son égard, il y a quelque temps. »

Les sicaires de Buonaparte se sentoient coupables d'assassinat, et jugèrent nécessaire de le couvrir par un mensonge abominable. Ils voulurent faire attribuer à la peur une mort occasionnée par leur trahison et leur violence.

Madame Moreau, arrivant d'Amérique à Bordeaux, écrivit pour demander la permission de se rendre à Paris : Buonaparte lui fit répondre que si elle ne retournoit pas en Amérique par la première occasion, elle seroit conduite à la capitale, et renfermée aux *Madelonettes*.

Nous bornerons là cette très-petite compilation des forfaits et des attentats du monstre qui, sous des traits humains, fut un des plus terribles fléaux de l'Europe, et ne parut parmi nous que comme un météore incendiaire et destructeur. Si l'ambition effrénée de Buonaparte visoit à l'immortalité, il peut assurément compter sur celle du crime : son nom passera aux derniers âges, comme un signal de terreur et d'épouvante parmi les mortels ; les mères, les enfans le répéteront comme un cri de mort, et à la fois comme l'accent du désespoir et d'une douloureuse agonie!!... L'histoire ne manquera pas de s'emparer de toute sa vie, non pour rappeler à la mémoire son affreuse célébrité, mais pour préserver l'avenir de l'audace d'un nouveau Napoléon, en signalant dans la postérité ses horribles traits, et en même temps ceux de ses imitateurs.

FIN.

De l'Impr. de Cellot, rue des Grands-Augustins, n° 9.

www.ingramcontent.com/pod-product-compliance
Lightning Source LLC
LaVergne TN
LVHW010602110826
845149LV00003B/736